AF495751

LA BATAILLE
D'AUSTERLITZ.

LA BATAILLE

D'AUSTERLITZ,

POËME.

IMPRIMERIE DE H. PERRONNEAU.

A PARIS,

CHEZ { ALLAIS, LIBRAIRE, QUAI DES AUGUSTINS.
LAJONCHÈRE, PALAIS DU TRIBUNAT,
LES MARCHANDS DE NOUVEAUTÉS.

M. DCCC. VI.

LA BATAILLE

D'AUSTERLITZ.

CHANT PREMIER.

« Quel génie éleva ces fiers tyrans de l'onde ?
Quel destin leur promit le commerce du monde ?
A leurs seules vertus ouvrant les vastes mers,
L'Éternel, à leurs pieds, a-t-il mis l'univers ?
Et laissant triompher une haîne implacable,
Comblera-t-il les vœux d'un peuple insatiable ? »

Ainsi parloit Henri, ce roi cher aux Français,
Fameux par son esprit, son cœur et ses hauts faits ;
Voyant, du haut des cieux, les malheurs de la terre,
Contraint de les souffrir, il s'en afflige en père ;
Et nous voyant livrés à des maux inouis,
Il disoit ses chagrins aux célestes esprits.

Du Guay-Trouin s'avance. (1) Il a la noble audace
Qu'on lui vit autrefois, lorsque sur une place,
Sur des vaisseaux nombreux dirigeant ses soldats,
Il savoit, sans compter, les mener aux combats.

Il répond au monarque : « Ombre que je révère,
O toi ! dont la mémoire à ton peuple est si chère !
Dans ces lieux fortunés pourquoi ces tendres pleurs?
Souvent le juste arrive ici par ses malheurs.
Le chagrin, qui l'épure, est le creuset de l'âme.
Alors, elle chérit la vertu qui l'enflamme !
J'ai, comme toi, gémi sur les nombreux forfaits
qui peuploient ce séjour de vertueux Français;
Et voyant les talens, la beauté, l'innocence,
Traînés à l'échafaud, je pleurai sur la France.
Mais si l'Etat, heureux, eut souffert moins de maux,
En eût-on vu sortir des milliers de héros? »

« N'importe, dit Henri, je ressens mille alarmes.
Volons et, du Français, allons tarir les larmes.
Trop longtems orgueilleux, ce génie infernal,
Défenseur de tout vice et l'auteur de tout mal ,
Ce génie étonnant qui, des voûtes célestes,
Tombant dans les enfers , acquit des droits funestes
Sur l'homme que les cieux ont fait pour les servir,
Trop longtems, Albion , il sut te secourir. » (2)

« Accourez , vous , Français qui, morts pour la
        patrie ,
Tombâtes sous les coups de ce fatal génie.
Contre l'enfer ligués, protégeons , dans les cieux ,
De nos concitoyens les destins précieux. »

Il dit : sa voix parcourt les plaines éthérées ;
Et les ombres, quittant leurs demeures sacrées,

Volent de tous les points du céleste séjour.
Tel en automne on voit, sur la fin d'un beau jour,
Un météore en feu, traversant l'atmosphère,
Retracer, à nos yeux, un globe de la sphère ;
Telles, dans tout l'éclat d'un céleste élément,
Des ombres, par milliers, volent au firmament.
Et bientôt confondant leur immortelle essence,
Elles ont enlacé Henri, qui les devance.
Combien d'illustres chefs, d'excellens citoyens !
Pères, époux, guerriers, partisans de tous biens !
Tous Français qui, d'amour brûlant pour la patrie,
Obéissent, heureux, à cette voix chérie.

« Vaillant Du Guay-Trouin, dit le meilleur des
      rois,
Parmi ces immortels, fais entendre ta voix.
De ces fiers commerçans publiant les injures,
Diras-tu d'Albion les étonnans parjures ? »

« Non, dit Du Guay-Trouin, noblement irrité,
Je ne dirai pas même au monde épouvanté
Par combien de détours, de crimes, de bassesses,
Ils se sont, du Bengal, assuré les richesses ;
Comment ils ont uni, dans ces heureux climats,
La famine et la peste aux fureurs des combats ;
Comment, chez ces mortels, dans leurs malheurs
      extrèmes,
O fléau sans pareil ! ils sont venus eux-mêmes,
Epuisant d'or, de sang, leurs trésors et leurs flancs,
Par la flamme et le fer, s'établir leurs tyrans.» (3)

« Eh ! qui n'a pas connu leur funeste espérance
De s'attacher de même aux débris de la France ?
Mais de sages destins ont calmé ces fureurs.
Le Français a dompté de sanglans oppresseurs.
Autour de ses remparts , et loin de ses murailles ,
Terrible , il a livré mille et mille batailles.
Que d'esprits étonnans ! et combien de héros !
Le triomphe est sorti de l'excès de tous maux ,
La vertu des forfaits , la raison du courage ,
Les beaux arts du chaos , et la paix du carnage. »

« Tout fleurit , tout est calme , et le monde ,
        étonné ,
Qui vit l'homme à talens par le fer moissonné ,
Qui vit tant de héros tomber dans la carrière ,
De vaincre les Français désormais désespère.
L'Anglais seul , n'écoutant que son âpre fureur,
Croit , par l'effort du crime , accabler la valeur.
Sur deux traités fameux se reposant sans crainte ,
Il brûle d'abuser de la foi la plus sainte.
Il va se dévoiler aux yeux de l'univers ,
Mais n'est-il pas connu pour le brigand des mers ?
Sans pudeur , professant de féroces maximes ,
Il va , sur l'océan , s'immoler ses victimes.
De tout Français loyal il court percer le sein.
Il a , sur les traités , la foi d'un assassin.
Il attend pour frapper , pour voler au carnage ,
Que l'honneur ait , chez nous , désarmé le courage.
Nos vaisseaux , déposant l'appareil des combats,
De notre globe en paix traversent les climats.

Alors, tel qu'un brigand, sans foi, sans prévoyance,
Il court assassiner la vertu sans défense ;
Et tandis que, tranquille, au sein de son palais,
Bonaparte, avec joie, accueille les Anglais,
Ces peuples, en secret, atrocement perfides,
Lèvent sur les Français leurs glaives homicides,
Mettent entre eux et nous l'immensité des mers,
Et leur lâche victoire étonne l'univers. » (4)

« Quel horrible forfait ! ô vengeance ! ô justice !
Loin qu'un affreux remords commence leur supplice,
N'osant se hasarder à de sanglans combats,
On les voit méditer de nouveaux attentats.
Ils prétendent frapper une illustre victime :
Le fer des conjurés va consommer le crime.
Mais le ciel défendit un sang si précieux.
Alors, infestant l'air de leur souffle odieux,
Corrompant les esprits dans une sphère immense,
Ils ont peint le héros qui veille sur la France,
Comme un foudre orageux qui, partant d'occident,
Envahiroit le sud, le nord et l'orient ;
Et sous des monceaux d'or cachant leur perfidie,
Ils ont donné du poids à cette calomnie. »

« O toi ! qui t'es nommé l'héritier des Césars,
François, prétendrois-tu foudroyer nos remparts ?
Oubliant, insensé, que deux fois la vaillance,
En faveur de ton trône écoutant la clémence,
Du glaive triomphant déposa le pouvoir,
D'accabler ton vainqueur tu concevois l'espoir !

Ce vainqueur, au combat toujours si redoutable,
Quand il dicta la paix, fut-il donc inplacable ?
Il agrandit ton trône, il accrut ton honneur.
Ton bras eût acquis moins s'il eût été vainqueur.
Celui qui t'a cédé le prix de sa victoire,
Conçut-il le dessein d'anéantir ta gloire ?
Et tu vas te liguer avec ses ennemis !
Si la reconnoissance à tes-yeux est sans prix,
Vois du moins la tempête assaillir tes couronnes ;
La main qui fait les rois renverse aussi les trônes. »

    « Et toi, jeune ALEXANDRE ! ose écouter l'An-
      glais.
Prodigue, en le servant, le sang de tes sujets. (4)
De ce sang belliqueux l'orient fume encore.
L'as-tu donc oublié ? NAPOLÉON l'honore.
De tes nombreux soldats des milliers dans les fers,
Echappés au trépas, regrettant leurs déserts,
Et, remis sans rançon dans leur climat sauvage,
Attestent sa grandeur autant que son courage ; (6)
Et tu vas, rabaissant l'orgueil de tes lauriers,
Vendre à des commerçans le sang de tes guerriers ! »

Il dit ; Malsherbe parle, et des âges sans nombres,
Sur l'esprit d'Albion il éclaire les ombres.

    « Vous savez, leur dit-il, que ce globe, où jadis
Dans un corps né mortel s'épuroient nos esprits,
Est régi tour-à-tour par des anges rébelles,
Et par ceux dont l'amour, les vertus immortelles,

Leur ont ouvert des cieux les portiques sacrés.
Les uns, avec fureur, contre nous conjurés,
Venoient par légions répandre sur la terre
L'avarice, l'orgueil, la discorde, la guerre ;
Ils venoient, tout puissans, renverser nos saisons,
Dépeupler nos climats, ravager nos moissons ;
Les autres, nous portant la céleste espérance,
Inspiroient à nos cœurs l'amour et l'innocence,
Et, nous rendant heureux de nôs seules vertus,
Nous proclamoient plus grands sous le crime abattus. »

« Au bonheur de ces lieux, pour nous donner un
    titre ,
Dans le cœur des humains plaçant le libre arbitre,
Dieu permit ce mélange et de bien et de mal.
Mais combien ce partage est souvent inégal !
Les esprits bienfaisans des demeures célestes
Sont moins à leur emploi que ces esprits funestes,
Destinés à verser le mal sur les humains ;
Et le juste a par-tout de rigoureux destins.
J'en appelle aux chagrins qui désolent le monde :
La justice y gémit dans une nuit profonde,
Et le crime, en tyran, y domine orgueilleux.
Voyez, parmi nos rangs, ces fronts religieux :
Combien souillés encor de sang et de poussière,
Attestent les forfaits de l'avare Angleterre ?
Il n'est point de climat où son souffle empesté
N'ait produit, de nos jours, quelque calamité.
Il joignit, contre nous généreux et tranquilles,
Aux fureurs du dehors les discordes civiles.

Il excita les chefs des contraires partis ;
Il y solda par-tout des mutins aguéris,
Pendant la royauté, vantant la république,
Pendant la liberté, le pouvoir despotique,
Et faisant tour-à-tour, sous leurs glaives sanglans,
Tomber républicains, esclaves et tyrans.
Confondant, sous ce nom, le plus sage des princes,
Et portant l'anarchie au sein de nos provinces,
Ils vinrent, au milieu de nos sanglans débats,
Acheter nos vaisseaux, les saisir sans combats.
Nous vîmes à la fois tous les rois de la terre
Porter, sur nos remparts, les foudres de la guerre ;
Et, tandis que les chefs des partis meurtriers
Moissonnoient les savans, les sages, les guerriers,
Au crime impérieux, la vertu gémissante,
Prêtant, sans murmurer, sa force obéissante,
Malgré lui, triomphant des obstacles divers,
Par ses exploits nombreux, étonna l'univers. »

« Les cieux en sont témoins. Combien d'illustres têtes,
De nos tristes climats attestent les tempêtes !
Je ne citerai pas l'infortuné Louis
Qui brille avec éclat parmi tous ces esprits ;
Par les cris de douleur sortis de son empire,
Le ciel fut ébranlé le jour de son martyre.
Hélas ! il ignoroit que la sévérité
Souvent, chez un grand prince, est de l'humanité. »

« Dois-je taire vos noms, ô vous guerriers célèbres !
Dont la France honora les dépouilles funèbres ?

Vous Joubert, Dugomier, Westerman, Beauharnais,
Leclerc, Hoche , Dupuis, Gouvion, Kléber, Desaix !
Desaix, jeune héros , dont le surnom de Juste ,
Donné par le Croissant, fut simple autant qu'auguste.
Hélas ! en expirant à côté d'un héros,
Tu semblas présager ses immortels travaux.
Tes regrets laissoient voir , avec ta modestie ,
Ton art de présager l'éclat de son génie. »

« Oui , répondit Desaix, et c'est avec plaisir
Que je vous vois ici, pour lui , vous réunir.
Hâtons-nous d'arrêter la perfide Angleterre ;
Elle s'est condamnée aux terreurs de la guerre :
Et voyant le héros menacer ses foyers ,
De l'orient , du nord , implorant les guerriers ,
Elle les voit, en foule armés pour sa querelle ,
Voler avec ardeur où son or les appelle.
Elle a fait plus. Comptant sur d'anciens serviteurs ,
Elle a cru, dans Paris , ranimer les clameurs
Qui, dans ces tems fameux de gloire et de carnage ,
Prônant la liberté , nous donnoient l'esclavage.
Mais ces hommes de boue , et chargés de forfaits ,
Avides de leur sang, n'étoient pas les Français.
C'étoit le vil rebus de tout un vaste empire ,
Qui, de leur lieu natal , s'étant tous fait proscrire,
Sans état, sans aveu, sans asile , sans bien,
S'étoient fait ennemis de tout bon citoyen. »

« Ces hommes , désormais comprimés dans la fange,
Font encore, de l'Anglais, la honteuse louange.

Mais, discrets par devoir, leurs discours sont cachés
Comme les dons obscurs qu'ils en ont arrachés.
Iront - ils dans Paris, dans nos vastes provinces,
Crier comme autrefois : *plus de rois, plus de princes !*
Abhorrez les tyrans, aimez la liberté !

« Oui, nous aimons des lois l'auguste autorité,
Diront tous les Français. Quelle étrange doctrine !
Eh ! qu'importe le nom du chef qui nous domine !
Pour avoir, dans nos chefs, des noms républicains,
Nous faut-il rappeller ces tyrans inhumains ?
Seroit-ce le vain titre ou du Gange ou du Tibre,
Qui feroit d'un état le peuple esclave ou libre ?
Non c'est l'autorité, la sagesse des lois
Qui fait la liberté des peuples et des rois.
Sparte, avec ses deux rois, fut une république.
Athènes fut sans rois et souvent monarchique.
En vain l'heureux Solon releva leur espoir, (7)
Ses lois presqu'aussitôt cédèrent au pouvoir;
Et quand l'autorité devint républicaine,
On vit, de toutes parts, la discorde, la haîne,
Au nom d'un peuple libre, élevant des tyrans,
Charger, de la vertu, leurs échafauds sanglans. (8)
Crète, qui deux mille ans garda sa république,
Maintint, dans ses foyers, le pouvoir monarchique.
Son peuple, ami des arts, belliqueux, commer-
    çant,
Fut docile à ses rois, et n'eut pas un tyran.
Rome, sous les Tarquins, vit-elle plus de crimes
Que sous les décemvirs immolant leurs victimes ?

Lorsqu'on vit tant de sang sous Sylla , Marius ,
Ce fut au nom du peuple , et Rome n'étoit plus. (9)
Et nous, nos décemvirs , au nom de la patrie ,
N'ont-ils pas immolé la vertu , le génie ?
Ils tombent. Cinq nouveaux sont encore élevés ,
Et nos maux , renaissans , semblent s'être agravés.
Saisissant , orgueilleux , le pouvoir avec joie ,
Considérant l'État comme une immense proie ,
Dont il faut se hâter d'arracher des lambeaux ,
Ils vendent ses secrets et le sang des héros.
Composé monstrueux de tout parti contraire ,
On les voit pour le bien , l'un de l'autre adversaire ,
Mais , s'agit-il de sang ? Au même avis rangés ,
Par-tout , les citoyens sont en foule égorgés ;
Les sénateurs , témoins de ces fureurs nouvelles ,
Croyant les cinq tyrans armés pour leurs querelles ,
Faisoient , à leur appui , d'inextricables lois ,
S'encombroient de leur nombre ou plioient sous leur
      poids. »

« Un Mortel a paru. Son étonnant génie
Peut seul , dans ce chaos , retrouver la patrie.
Parmi ses beaux exploits , il peut au monde entier
Prouver que le Français , ce peuple né guerrier ,
Fut digne d'être libre , et que son esclavage
Fut l'œuvre de ses lois et non pas son ouvrage. (10)
Qu'aux rives d'occident le héros soit vainqueur ,
Et de son ame alors nous voyons la grandeur !
Il a l'ambition d'une vertu suprême ,
Et veut , dans l'univers , se survivre à lui-même.

On périt par le fer dont on veut abuser ,
Et la seule vertu peut immortaliser. »

Desaix dit : Le conseil, sans trouble, sans colère,
En faveur du héros aussitôt délibère.
Ils vont tous se jeter aux pieds de l'Éternel.
Ils parlent , et leur cause intéresse le ciel.
Dieu lui-même, approuvant ces intérêts sublimes ,
« Partez, dit-il, volez; arrêtez de grands crimes ;
Mais craignez le destin séduit par les enfers.
Vous savez qu'il commande au terrestre univers. »

A ces mots , l'on eût vu ces ombres empressées ,
Dans les cours de l'Europe accourir dispersées ;
Et , disputant l'honneur de servir leurs pays ,
Émouvoir, éclairer les cœurs et les esprits.

Fin du Chant premier.

NOTES DU CHANT PREMIER.

(1) Fameux marin qui, sous les règnes de Louis XIV et Louis XV, de simple fils de commerçant qu'il étoit à St.-Malo, devint lieutenant-général des armées navales de France.

(2) Le génie du mal n'est autre ici que l'esprit tentateur qui, d'après les principes religieux, exerce un si grand empire sur la terre.

(3) Pour se faire une idée précise de tous les maux que cette nation est capable de faire à celle chez laquelle elle a pu s'introduire, il faut lire un ouvrage intitulé : *Affaires de l'Inde*. L'ouvrage, fait par un Anglais, témoin oculaire, mais humain, ne sauroit être suspect aux amis de l'Angleterre.

(4) Il est évident, que la paix avec le cabinet de Londres est le commencement d'une guerre nouvelle, puisqu'il ne se sert de ses liaisons avec nous que pour saper notre industrie.

(5) Tout le monde sait le traité que l'Angleterre avoit fait avec la Suède, l'Empire et la Russie: ces trois puissances lui vendoient ce qui ne leur appartenoit pas, le sang de leurs sujets.

(6) BONAPARTE, premier Consul, renvoya gratuitement à Paul Ier. huit mille Russes faits pr. onniers sur l'armée de Suwarovv.

(7) Solon, sachant bien que, sans fortune, il seroit toujours sans considération et sans pouvoir (à ce fait de l'histoire des Athéniens l'on reconnoît plus d'un peuple), se fit commerçant, devint riche, se produisit alors et proposa ses lois. Elles furent adoptées comme très-sages : mais il s'étoit à peine écoulé dix ans que déja elles n'étoient plus.

(8) L'on veut ici parler des trente tyrans d'Athènes : ils n'étoient à la vérité que dix permanens. Dans un règne de dix-huit mois ils firent périr quinze mille citoyens; ce qui excédoit la moitié de la population de cette ville.

(9) Une foule d'exemples, chez les Romains, prouvent que les tyrans populaires exercent plus de cruautés que les tyrans couronnés.

(10) Je crois n'avoir pas besoin d'expliquer à mes lecteurs le sens de ces vers, ils ne s'entendent que trop bien d'eux-mêmes. O liberté! que ta loi seroit douce et chérie, si les gouvernans savoient s'y conformer aussi bien que les gouvernés!

FIN DES NOTES DU CHANT PREMIER.

CHANT SECOND.

TANDIS que, des sommets des voûtes éthérées,
L'éternel voit partir mille ombres vénérées,
Cinq cent mille soldats, armés contre un héros,
Forment, dans le secret, d'homicides complots.
Humiliés encor de sa noble clémence,
Leur esprit s'en émeut, leur valeur s'en offense;
N'osant point cependant l'appeler au combat,
Marchant dans l'ombre, ils vont l'attaquer sans éclat.

Loin d'eux et s'occupant d'un coupable insulaire,
Qui, par d'heureux forfaits, lui déclara la guerre,
NAPOLÉON, brûlant de fendre au loin les flots,
Faisoit de ses guerriers autant de matelots.
Dans Boulogne, il veilloit sur la rive écumante;
Il attend que des vents l'haleine frémissante
Permette d'aborder au rivage inhumain
Dont les flots et le crime ont fait l'heureux destin.

Boulogne, avec orgueil, voyoit dans ses parages
Deux cent mille guerriers inonder ses rivages.
L'impatiente ardeur dont ils sont animés
Elance à l'autre bord leurs regards enflammés.

Le héros, inquiet de tant de pétulance,
S'attache à comprimer leur superbe vaillance.
Tel autrefois Neptune, en faveur des Troyens,
Retint longtems les Grecs loin des bords phrygiens.
Les vents n'agitent plus leurs voiles inutiles :
L'on voit blanchir des mers les plaines immobiles.
Agamemnon frémit ; il offre au dieu des vents
Et le sang et les chairs des taureaux mugissans.
Pour punir les transports d'une femme inconstante,
Il brûle d'accabler une ville innocente.
Mais c'est ici la foi, c'est l'honneur outragés ;
Que l'Océan s'appaise, ils vont être vengés !

Dirigeant ses vaisseaux sur l'avide Angleterre,
NAPOLÉON poursuit les tyrans de la terre.
De son cœur ulcéré les généreux accens
Sont les vœux et les dons qu'il offre au dieu des
    vents.
Sur les mers en courroux, s'il obtient la victoire,
C'est au grand peuple, à Dieu qu'il en donne la gloire ;
Et, tandis qu'à l'Europe il offre ses bienfaits,
Il est toujours le seul à taire ses hauts faits.
Au plus fort des dangers ses desseins immuables
Comme ceux du destin restent impénétrables.
Ses ennemis, par l'or constamment corrompus,
Les soupçonneroient-ils le fruit de ses vertus ?
Mais le Français, ami de sa noble carrière,
Le seconde par-tout de sa vertu guerrière ;
Il trouve en ce héros sa force et son espoir,
Et le sert par amour autant que par devoir.

Quel que soit cependant le transport qui l'anime,
Il connoît Albion et surveille son crime.
Il craint que l'étranger, séduit par ses discours,
A son propre ennemi n'apporte des secours :
Par ses ambassadeurs, il a par-tout l'oreille :
Dans l'Europe inquiète, il interroge, il veille.
Que d'états florissans s'inondent de soldats !
Tout semble, autour de lui, s'armer pour les com-
    bats.
Dans ces nouveaux dangers, sa superbe vaillance
De son ame de feu n'exclut pas la prudence.
En vain les potentats ont juré, sur l'honneur,
Que la paix est le bien le plus cher à leur cœur ;
En vain le Russe envoie un illustre message, (1)
De la paix générale intéressant présage,
Le soupçon, si pénible à tout cœur généreux,
Accuse, malgré lui, leurs desseins et leurs vœux.
D'un murmure secret son ame se fatigue ;
Il faut que, sans délais, elle perce l'intrigue
Qui de Londres a passé dans Vienne et Pétersbourg.
Il part impétueux, et, dans le même jour,
Paris voit son héros au sein des Tuileries,
Cherchant à s'éclaircir sur tant de perfidies.

Cobentzel, étonné de voir un empereur
Des plus vastes projets sonder la profondeur,
Dévoiler de sa cour le ténébreux système,
Dans son penser obscur le pénétrer lui-même,
Savant dans l'art de feindre, il commence à frémir,
Veut excuser son roi, mais semble le trahir ;

Il croit s'envelopper, et découvre sa ruse ;
Mentir, il dit plus vrai ; se défendre, il s'accuse.

« Vous voulez donc la guerre : eh bien ! l'heure a
    sonné ;
Mais, dit Napoléon, François est détrôné.
Si la paix vous soumit à l'or de l'Angleterre,
Vous le serez à moi par le sort de la guerre.
Quelle fatalité vous porte à ces combats !
Ai-je deux fois en vain ébranlé vos états ?
Pour la troisième fois, quand vous venez combattre,
Est-ce pour me forcer enfin à les abattre ?
Tel je le proclamai grand peuple au champ d'honneur,
Tel le Français, chez vous, reparoîtra vainqueur.
Sous des rois énervés, les vastes monarchies
Sont tels que ces hauts monts dont les têtes blan-
    chies ,
Reposant sur des pieds dégradés par le tems ,
Menacent d'écraser un jour leurs habitans. »

Il dit, veut s'éloigner ; mais le prudent ministre,
Qui semble de sa cour prévoir le sort sinistre :
« Vous vous trompez, dit-il en élevant la voix ;
Sire, vous vous trompez ; pour la centième fois,
Je jure que mon maître, à ses traités fidèle,
Brûle de vous prouver son estime, son zèle.
Je vais de vos soupçons instruire enfin ma cour,
Et vous connoîtrez mieux sa vertu sans détour :
D'un tel aveuglement seroit-elle frappée ?
Par Albion, non, sire, elle n'est point trompée.

Mon maître aime son peuple, et son cœur ne veut pas
Le rendre à ses malheurs, le rendant aux combats.
Fatigué de revers, voudroit-il, par caprices,
Livrer encor son peuple à tant de sacrifices ? »

Il dit : NAPOLÉON s'étonne, et son grand cœur
Cède au crime, croyant ne céder qu'à l'honneur.
Tant de fois plein de gloire au milieu des alarmes,
Sur le sort des humains il a versé des larmes :
Il prête à ses rivaux les mêmes sentimens.
Sa belle ame se livre à de nobles élans.
Orné de tout l'éclat dont brille son courage,
Il peut, sans s'abaisser, éloigner le carnage ;
Eût-il même prévu ces étonnans succès,
Fier, il n'en eût pas moins sollicité la paix.
Mais les rois, étrangers au désir qui l'anime,
Ne sauroient lui prêter ce sentiment sublime ;
Ils le croiront frappé de crainte, de terreur,
Et son humanité redouble leur fureur.
Cependant le héros, dans sa noble assurance,
Vole encore à Boulogne où l'attend la vaillance ;
Il trouve ses guerriers charmés de le revoir.
La flotte et les Anglais font leur sublime espoir.
Lui-même, en revoyant la rive blanchissante,
Il brûle, impatient d'y porter l'épouvante.

« Je vois tes bords haineux, ô sanglante Albion !
Nul n'arrêtera-t-il ta vaste ambition ?
Tes vaisseaux, se frayant des routes sur les ondes,
Sous leur poids orgueilleux font gémir les deux
  mondes.

Tu conquis des états par ta duplicité;
Nous en conquîmes, nous, mais par nécessité :
Ils venoient attaquer nos droits, notre industrie ;
Nous leur avons donné la paix, une patrie,
Et nous leur avons dit : Connoissez votre tort;
Venez, pour l'expier, partager notre sort.
Mais toi, quel intérêt, ô perfide Angleterre !
Te porte à ravager, à désoler la terre ?
Pour conserver tes lois, fais-tu ces grands efforts ?
Crains - tu d'affreux revers? Non; tu veux des tré-
    sors.

Des trésors ! ô métal ! ô source de misères !
Toi dont le fer, ton maître, adore les chimères,
Quel mal, sur les humains, n'as-tu pas répandu?
Tu couronnes le vice et corromps la vertu !
S'il avoit su prévoir un si funeste usage,
Le ciel, en te formant, eût cessé d'être sage.
Quel mortel, le premier, rendit, sans le savoir,
Dans les veines du globe, hommage à ton pou-
    voir?
Si, pour toi les humains ont creusé mille abîmes,
Tu t'en es bien vengé ! quel torrent de victimes !
Tout prodigue à l'Anglais d'immortelles faveurs,
Quel peuple, mieux que lui, seconda tes fureurs?
Mais le ciel, Albion, sur ta folle avarice,
Va porter, c'en est fait, l'éclat de sa justice.
Napoléon, servant ses décrets éternels,
Va cueillir, sur tes bords, des lauriers immortels.
Ton léopard féroce, à son aigle invincible,
Seroit-il sur les mers toujours inaccessible?

Tremble ! il est des humains l'inébranlable appui,
Et l'or de tes comptoirs est sans pouvoir sur lui. »

C'est ainsi, qu'à l'aspect de l'avide Angleterre,
Le héros exhaloit une sainte colère ;
Et, tandis qu'il s'apprête à des combats nouveaux,
Desaix, cher aux humains et l'ami du héros,
Autorisé par Dieu, quittant la cour céleste,
Revêt un corps humain, vole en ce lieu funeste
Où Pitt, les yeux hagards et le front nébuleux,
Roulant dans ses esprits des projets ténébreux,
Pour servir son pouvoir et ses fureurs impies,
Du Tartare, à son aide, évoque les génies.
La discorde aux cent voix, aux bras ensanglantés,
Se concerte avec lui, bouillante à ses côtés.
« Toi qui, par mes travaux, mes soins, ma vigi-
    lance,

Sur l'univers, dit-elle, étendis ta puissance,
Ecoute : J'ai vaincu la terre et les enfers ;
J'en atteste le sang dont mes bras sont couverts :
Dans les deux Océans, de l'un à l'autre pôle,
Il n'est point de mortel que ma voix ne désole ;
Et du dernier esclave au plus sage des rois,
Hors le Français, tout cède à ma puissante voix.
L'occident a perdu ses vastes colonies ;
J'ai vu de l'Océan les ondes enrichies
Engloutir les vaisseaux de tes fiers ennemis ;
Dans l'Inde, j'ai soufflé la haine des partis ;
Par-tout j'ai répandu le feu de ta colère ;
De ses riches moissons j'ai dépouillé la terre ;

J'ai, n'offrant aux humains que la mort ou des fers,
De cent climats féconds fait d'arides déserts ;
Et, dans ses continens, ses îles et ses havres,
Par-tout l'Inde infestée, offre cendre et cadavres.
L'Europe enfin s'ébranle, et, quittant leurs sillons,
Cent peuples à ma voix forment leurs bataillons.
Ne crains plus ce guerrier, l'amant de la victoire ;
Arrose, avec du sang, les palmes de ta gloire ;
Et le roi, ton sujet, que tu sembles servir,
Russes, Germains, Anglais, Français, vont t'obéir. »

Le ministre, enchanté, s'apprête à lui répondre ;
Mais la voix de Desaix est là pour le confondre.
De Fox, illustre ami des sciences, des arts,
Il a pris tous les traits, l'organe, les regards.
« Quel horrible discours, ô ciel ! viens-je d'en-
tendre,
Dit ce jeune immortel qui jadis sut défendre (2)
Les droits du plébéen et de l'humanité.
Cours toi-même t'offrir au monde épouvanté.
Ose, aux peuples ligués, dévoiler ta doctrine.
Dis-leur de tes projets le but et l'origine.
S'il est un seul mortel qui serve tes desseins,
Je consens à m'unir à tes sanglans destins.
Nous t'avons confié le droit de nous défendre ;
Que t'a fait l'univers pour le réduire en cendre ?
Quand pour nous vingt états se seront embrâsés,
Sous leurs vastes débris nous serons écrasés.
Ainsi que ses excès le crime a ses limites.
De tes honteux succès si tu te félicites,

De ton pays un jour les cendres et les morts
T'offriront, sans repos , l'opprobre et les remords. »

« Insensé ! quel effroi, dit le sombre ministre ,
(Il a la voix troublée et le regard sinistre.)
Tu parles de remords et fus homme d'état !
Tu voulus ma puissance et crains un attentat !
Oui la mort , à ma voix, moissonne sur la terre.
Le sang qu'elle répand féconde l'Angleterre.
Son commerce, ses arts , ses trésors , ses moissons,
Bénissent en secret l'art que nous professons.
Qui ne sait point des rois agiter la couronne ,
Et ses propres sujets , doit descendre du trône. »
— « Tu viens de m'effrayer par cet aveu fatal ,
Dit Desaix; dans le crime, ah! tu n'as point d'égal.
Sur les droits des mortels , je n'ai rien à t'apprendre.
Te parlant de justice , on pourroit te surprendre ,
Mais non te corriger ; un cœur comme le tien ,
Quand le monde est en feu , trouve que tout est
      bien. »
—Veux-tu que , des Français adoptant la folie ,
Comme toi, d'un héros j'adore le génie?
Je le verrois monter au trône avec orgueil !
Non, non, de sa grandeur mon front sera l'écueil. »
—La France, à vos fureurs, est-elle condamnée ?
Que vous fait des Bourbons la cause infortunée?
Ne comptez-vous pour rien un bras victorieux?
Ne peut-on être roi que par ses seuls ayeux?
Il ne peut être alors de trône légitime.
Celui qui le premier l'usurpa fit un crime.

Les crimes pourroient-ils se convertir en droits ?
Apprenez donc à George à se soumettre aux lois.
Son ayeul, étranger, usurpa la couronne. (3)
Qu'il enseigne d'exemple à descendre du trône.
Alors Napoleon.... — As-tu perdu l'esprit ?
Les seuls vrais rois sont ceux auxquels on obéit.
Qui peut les détrôner a pour lui la justice,
Qui le tente et ne peut, doit marcher au supplice.
C'est le droit du plus fort, droit descendu des cieux,
Droit adoré par - tout, et par - tout odieux ,
Droit seul code éternel des empires du monde.
C'est sur lui que par-tout la justice se fonde.
Le succès du plus fort nous tient lieu de vertu.
Le crime est d'embrasser la cause du vaincu.
Contre un mortel puissant, seconder la justice ,
C'est vouloir un éloge au prix de son supplice.
Le silence et la foudre éclatant dans les airs ,
Se trouveroient plutôt unis dans l'univers ,
Que le droit du plus fort et la cause du juste ;
Et parmi les mortels, je ne connois d'auguste ,
Que celui dont la main , repoussant l'équité ,
Donne au glaive sanglant un droit illimité. »
— Osez-vous professer cette étrange doctrine ?
— Etrange ? elle est conforme à toute loi divine.
La marthe, au pied rapide , obéit au jacard,
Le jacard cède à l'ours, et l'ours au léopard ;
Ainsi l'a décrété l'auteur de la nature.
Peut-on prendre en morale une règle plus sûre ?
Par-tout dans l'univers , embûches et combats ,
Tout jouit de sa force et tout vit de trépas ;

Et nous qui triomphons de la nature entière,
Tout marque de nos pas la sanglante carrière.
Le ciel a prononcé ; c'est à nous d'obéir,
Et notre obéissance est de tout asservir.
Fais monter, indiscret, un juste sur le trône ;
Je vois, au premier choc, s'ébranler sa couronne.
Qui craint de s'écarter des lois, pour son pouvoir,
Pour l'état et pour lui, viole un saint devoir.
Le fléau d'un empire est un roi débonnaire;
Et tout crime est vertu dès qu'il est nécessaire. »
— O ciel ! qu'ai-je entendu ? quel horrible discours !
— C'est le Coran des rois, l'Evangile des cours.
— Ah ! je crus, en quittant les demeures célestes,
Dégager ton esprit de ses projets funestes.
Ma bouche, en t'éclairant, crut réformer ton cœur;
Tu n'en as point, barbare, et tu me fais horreur. »

Il dit, quitte les traits dont il prit l'apparence ,
Laisse Pitt, effrayé, dans un morne silence ,
Remonte dans les cieux, et va , sur les humains ,
Pour calmer sa douleur, consulter les destins.

FIN DU CHANT SECOND.

NOTES DU CHANT SECOND.

(1) Kutusow.

(2) Je puis, je dois même appeler *immortel*, un être destiné, en récompense de ses vertus, à vivre éternellement dans le ciel.

(3) Guillaume de Nassau, prince d'Orange, stahouder de Hollande, gendre de Jacques II, roi d'Angleterre, le détrôna en 1688. Ce sont les descendans de Guillaume de Nassau qui règnent aujourd'hui.

FIN DES NOTES DU CHANT SECOND.

CHANT TROISIÈME.

Tandis que, pour finir les horreurs de la guerre,
Desaix, du haut des cieux, fondoit sur l'Angleterre,
Mille esprits s'élançant dans les plaines des airs,
Avoient conçu l'espoir d'éclairer l'univers.
Les uns, comme Desaix, vont dans les trois royaumes;
C'est-là, leur a-t-on dit, qu'ils trouveront des hommes;
C'est-là que la raison sut toujours triompher
De l'erreur et du vice, ardens à l'étouffer.
Par-tout on y découvre et le juste et le sage.
Ils vont donc, empressés, remplir leur saint message:
Mais ont-ils abordé soldats ou courtisans,
Cultivateurs, lettrés, prêtres ou commerçans?
Ces hommes, irrités au seul nom de la France,
Poussent des cris de haîne et demandent vengeance.
Tout est juste à leurs yeux, tout leur devient permis
Dès qu'il faut accabler de puissans ennemis.
Mais l'effroi s'est montré dans leur sombre colère,
Et l'estime a percé dans leur censure amère.

D'autres esprits, élus parmi nos plus grands rois,
Vont dans les cours du nord. Ils pensent qu'à leur
     voix

Les monarques, instruits des vrais biens d'un empire,
Au bonheur de leur peuple, à la paix vont souscrire :
Mais soit que trop avant chacun soit engagé,
Ou soit que le destin ne puisse être changé,
Tous jurent à la France une implacable haîne,
Et leur main semble avoir déja forgé sa chaîne.

Cependant BONAPARTE, autour de ses vaisseaux,
Voit régner à son gré le calme sur les flots.
L'air est pur ; le soleil, en se plongeant dans
  l'onde,
Couronne de ses feux les monts, la mer profonde.
Bientôt la nuit approche, et des astres brillans
Promènent dans l'éther leurs globes éclatans ;
Et baignant de rosée un horison immense,
Sur la terre, en repos, ils versent le silence.   .

Fatigué des chaleurs, des travaux d'un long jour,
D'un important message attendant le retour,
Sur la plage, à pas lents, le héros se promène.
Tout repose, et les vents retiennent leur haleine.
Une forêt de mâts, immobiles au port,
Prêts à fendre les flots, ont des guerriers à bord.
Excepté son génie et la garde qui veille,
Tout avec la nature autour de lui sommeille.
Plein du trouble secret que donne un noble espoir,
Du feu qui le consume il sent tout le pouvoir.

« Oui, dit-il, Albion, ton infernal génie
Va, sous nos coups, enfin céder à ma patrie.

Le ciel mit entre nous la profondeur des flots.
Ma puissance y mettra des milliers de vaisseaux;
Et le monde verra céder, sur tes rivages,
Le crime à nos vertus, l'orgueil à nos courages.
Tu nous a fait, douze ans, combattre pour la
        paix,
Et n'as que des récits de nos brillans succès.
Par-tout où nos guerriers marchèrent à la gloire,
Te vit-on sous leurs pas prétendre à la victoire ?
Si trois fois tes guerriers ont paru sur nos bords,
Trois fois, avec la honte, ils ont gagné tes ports
Ou brisé ton orgueil devant notre clémence.
De tes comptoirs sanglans la coupable opulence,
Qui sut armer les bras du Germain belliqueux,
Verra nos fers vainqueurs sur tes bords nébuleux;
Et l'or qui séduisit les Scythes, les Sarmates,
L'or qui fit de ton peuple un peuple de pirates,
Loin de te garantir de ma juste fureur,
De mes guerriers encor peut accroître l'ardeur.
Ils ont du fer. Le fer, entre les mains des braves,
Des possesseurs de l'or peut faire des esclaves.
De deux peuples rivaux, le plus riche, crois-moi,
Est celui dont le glaive au monde a fait la loi. »

Il dit, et s'asseyant sur la rive tranquille,
Il a l'œil attaché sur la plaine mobile.
Morphée, autour de lui, sème en vain ses pavots,
Longtems son corps résiste au besoin du repos.
Mais le ciel qui voudroit guider mieux son courage,
Du soin de l'éclairer charge un grand personnage.

Charles, législateur, monarque et conquérant,
Charles, qui vers le sud, le nord et l'orient,
Epouvanta le Maure, asservit l'Italie,
Dompta les flots du Rhin, conquit la Germanie,
Charles reçoit d'en haut des ordres souverains;
Traverse l'éthérée, descend chez les humains,
Voit BONAPARTE, assis sur la rive tranquille.
Sur de vastes projets il médite, immobile.
Le front dans sa main droite et l'œil sur l'océan,
Il voit s'unir au loin l'onde et le firmament.
Ce spectacle sublime attire sa pensée.
Par son esprit ardent la terre est embrassée.
L'univers se déploie à son œil attentif.
Devant l'éternité le monde fugitif,
Ses monts, ses océans, si grands auprès de l'homme,
Tout, à Dieu comparé, lui semble être un atôme.
Il voit du créateur l'immense majesté,
Ne conçoit rien de grand que l'immortalité;
Mais pour y parvenir, c'est peu de la victoire,
La vertu seule arrive aux siècles de mémoire.
Combien de conquérans, sans mœurs, sans probité,
Sans génie, ont foulé par-tout la liberté !
Ira-t-il ressembler à ces fléaux du monde ?
Mais l'aspect des guerriers que la vertu seconde,
Qui, voyant des tombeaux l'affreuse éternité,
N'aspirent qu'à marcher à l'immortalité;
Cet aspect, dans son sein, fait naître un feu suprême.
Il ne voit que les cieux, devient la vertu même;
Et s'il brûle d'avoir de plus heureux succès,
C'est pour mieux concourir au bonheur des Français.

Tel est le noble espoir qui doucement l'agite ,
Lorsqu'il sent, plus ému, son grand cœur qui palpite.
Un trouble involontaire est dans tous ses esprits.
Ses sens, comme enchaînés , restent anéantis;
Et tandis qu'il se livre au beau feu qui l'enflamme ,
Une secrète voix parle au fond de son âme.

« Jeune héros , la vie est un bien passager.
A ce globe imparfait tout homme est étranger.
Je suis Charles le grand , qu'un dieu , dans sa clé-
    mence (1) ,
Pour dompter les humains suscita sur la France.
Le plus grand des guerriers , le plus puissant des
    rois ,
Je vainquis par le glaive et régnai par les lois.
Consacrant tout mon être à la France ennoblie ,
Comme toi, je fus chef d'une autre dynastie.
Ton sceptre doit unir le nord et l'orient.
Tes vaisseaux , tes soldats font trembler l'occident ;
Mais apprends à dompter l'ardeur qui te consume ;
Avant de l'attaquer abreuve d'amertume
Ce peuple de tyrans qui , parcourant les mers ,
Croit pouvoir imposer des lois à l'univers.
L'or en main , il étend son pouvoir despotique ;
Et des glaces du pôle aux sables de l'Afrique,
Cent peuples réunis sous un même étendard ,
Se sont, sous un joug d'or, attachés à son char. »

« L'Othoman , irrité que ton jeune courage (2)
Ait naguères du Nil asservi le rivage ,

Croit, du poids de son nom, s'alliant à l'Anglais,
Pour venger son orgueil, écraser le Français.
Comptant sur la valeur des Germains intrépides,
Il garde ses soldats ; mais ses nombreux subsides
Vont bientôt, franchissant les monts carpathiens,
Substanter les Hongrois et les Vénitiens.
Du Russe et du Germain monstrueuse alliance !
Il veut encourager, veut nourrir la vaillance.
Quatre vingt mille bœufs, fatigués du sillon,
Vont chercher pour mourir une autre région.
Venise, dont le sort rappelle ton courage,
Naples, qui de ta foi vient d'obtenir le gage,
Gènes, qui s'honoroit de vivre sous tes lois,
Tous de l'Anglais perfide ont écouté la voix. »

« Des cavernes du nord un turbulent génie (3)
Sort, et des flots du Rhin aux sables de Hongrie,
Il parcourt, orgueilleux, de florissans états ;
Evoquant à grands cris la fureur des combats.
Tout fier encor du nom des Charles, des Gus-
      taves,
Dont le bras fit courber quelques têtes d'esclaves,
Il promet au Sarmate, au Pandoure, au Saxon,
Au Tartare, au Germain, au Scythe, à l'Esclavon,
Qui par-tout vont cherchant une innocente proie,
De livrer le Français à leur féroce joie ;
Et lui-même, espérant leurs faciles succès,
Il compte, désertant ses neiges, ses forêts,
Dès que la France aura gémi sous leur courage,
Venir en souverain commander au partage. »

A sa voix qui fait naître un séduisant espoir (4),
Des trésors d'Albion vient s'unir le pouvoir.
Grœlz, Presbourg, Prague, Olmutz, le Tyrol, la
    Stirie,
Vienne, Cracovie, Ulm, le Bannat, la Hongrie
Et vingt autres Etats dont les guerriers fameux
Ont prouvé leur vaillance aux Français belliqueux,
Tous semblant s'être armés pour conquérir la terre,
Ont vendu, contre toi, leur sang à l'Angleterre. »

« Enfin, ce jeune roi dont le sceptre puissant (5)
S'étend jusqu'au Mogol, au double Aigle, au Crois-
    sant,
A la Chine, au Thibet, et, touchant l'Amérique,
Embrasse la moitié de notre pôle arctique ;
Ce roi, sage et vaillant qui compte, sous ses lois,
Des états plus nombreux que le maître des rois,
Le capitole en eut jamais sous son empire,
Avec eux, contre toi, ce roi marche et conspire. »

« Des sommets du Caucase, aux vastes mers du
    nord,
Du Dniester au Lama, l'on médite ta mort,
Ta mort qui de l'Anglais fait la seule espérance :
Mais, en veillant sur toi, je veille sur la France.
Un jaloux sentiment n'agite point mon cœur.
Non moins vaillant que moi, plus grand législa-
    teur,
Je t'adopte, et souvent je viendrai, sur ton ame,
Répandre la clarté du beau feu qui m'enflamme. »

« Bannis de ta grandeur, les somptueux éclats,
De vingt sceptres conquis sur de grands potentats,
A force de clémence accable l'Angleterre.
Un vainqueur pacifique est un dieu sur la terre.
De l'Europe étonnée assure le destin,
Impose-lui des rois et sois leur souverain.
A ce titre sacré la France est sans rivale ;
Surpasse en l'imitant le vainqueur de Pharsale.
Pompée a vainement la puissance des mers, (6)
César n'en doit pas moins régner sur l'univers.
Quel que soit le pouvoir d'un ennemi sur l'onde,
Le glaive du vainqueur est le sceptre du monde. »

Le grand Charles se tait. BONAPARTE, incer-
    tain,
Doute si c'est un dieu qui pénètre son sein :
Il craint l'illusion d'un discours qui l'étonne.
« Homme ou Dieu que j'entends, qui que tu sois,
    pardonne,
Dit-il; ne puis-je donc, quand mes nombreux vais-
    seaux,
Sont, dans un calme heureux, prêts à fendre les flots,
Aller, contre Albion, déployer ma vaillance?
Faut-il voir l'orient retomber sur la France?
Je brûle de frapper nos mortels ennemis!...
Mais je veux épargner le sang de mon pays.
Terre, qui tant de fois allumas ma colère,
Sol fécond en forfaits, ténébreuse Angleterre !
En vain ton soufle impur ramène les combats,
A ce glaive vengeur tu n'échapperas pas.

Tu souris à nos maux ; je vais porter ma tête
Sur les glaces du nord , au fort de la tempête ;
Mais tremble à mon retour lorsque, juste et vain-
    queur,
Je pourrai t'assaillir de toute ma valeur !
Les rois que j'aurai faits , ceux frappés de mon
    foudre ,
T'apprendront si mon bras peut te réduire en poudre. »

Il a dit , et déja le superbe orient ,
Embrâsé par l'aurore , élève au firmament
Son front majestueux qui rend à la nature ,
Son pouvoir éternel , sa beauté , sa parure.
Déja l'on apperçoit d'agiles matelots
Sur le cordage assis , balancer sur les flots :
Déja , plein de gaîté , dans l'espoir qui l'agite ,
Le soldat , vers la rive , ardent se précipite ;
Partageant du héros la noble ambition ,
Il cherche à découvrir la perfide Albion.
Faut-il , d'un bras nerveux , aller fendre les ondes ?
Faut-il , impatient , franchir les mers profondes ?
Heureux jour ! tu reçois les vœux de ces guerriers ,
Mais , à leur front , encore , il faut d'autres lauriers.

NAPOLÉON s'avance. Un port plein de noblesse
Impose le respect , la valeur , la sagesse.
Il va parler. Chacun , rempli d'un noble espoir ,
Dans un cercle agrandi se range par devoir.
Le héros élevé s'est placé sur la rive.
Les regards sont tendus , l'oreille est attentive.

« Compagnons glorieux de mes nombreux hauts
    faits,
Vous, souiiens des vertus, vous vengeurs des forfaits !
Vous, l'orgueil de vos chefs et l'élite des braves !
Vous, vainqueurs des Germains, des Anglais, des
    Bataves !
Vous, du Tibre et du Pô généreux protecteurs !
Vous, dont les flots du Nil ont vu les fers ven-
    geurs !
Ne tournez plus sur l'onde un regard formidable.
Le monde a conspiré pour cette île coupable :
Tandis que nos regards, s'élançant sur les flots,
Croyoient appercevoir un terme à nos travaux,
Le nord et l'orient rompant leur digue immense,
Par torrens orageux vont rouler sur la France.
Je vois votre œil ardent s'enflammer de courroux.
Que j'aime cette ardeur ! Oui, félicitons-nous,
Nous sommes destinés encore à la défendre.
Que dis-je ? Attendrons-nous qu'on vienne la sur-
    prendre ?
Mars a-t-il vainement mis son foudre en vos mains ?
Frappons, exterminons ces éternels Germains ;
Poursuivons, renfermons dans leurs froides limites,
Ces torrens débordés d'Esclavons et de Scythes.
Leur cause est lâche, injuste ; ils devroient en rougir.
Quittons ces lieux, allons les vaincre, les punir.
Arrête, jeune roi ! Quel grand nom tu prophanes !
Du plus grand des guerriers crains d'irriter les mânes,
Par un peuple brigand ALEXANDRE est soldé !
Par l'attrait d'un peu d'or ton courage est guidé !

Pour vaincre il n'est qu'un but , l'honneur ou la
    patrie;
Et l'or et le pouvoir sont un motif impie.
Le succès du méchant fut toujours passager ;
Et c'est sur toi d'abord que je dois m'en venger. »

« Sortis de leurs forêts , ont-ils cru, ces esclaves ,
Que pour savoir mourir on résiste à des braves? (7)
S'ils n'ont pas eu l'espoir de s'égaler à vous ,
Du moins, de le tenter , ont-ils été jaloux.
Heureux, au champ d'honneur vous laissant la vic-
    toire ,
En tombant sous vos coups d'obtenir quelque gloire. »

« Eh bien ! cet océan, quittons-le donc , soldats !
Allons braver au nord une mer de frimats.
Ne souffrons point la guerre au sein de nos cam-
    pagnes ;
Au pôle allons gravir les glaciers des montagnes.
Nous laissons sur nos pas la grande nation.
C'est assez. La terreur va poursuivre Albion.
A qui vient nous combattre allons porter la guerre.
Je ne veux rien pour moi; la seule paix m'est chère.
Français ! quel rang plus beau m'offriroit l'univers?
Qui peut vous commander ne craint point de revers.
Elevé par vos vœux , au faîte de la gloire ,
Avec vous je m'enchaîne au char de la victoire ;
Et pour justifier un choix qui m'est si doux ,
Vous me verrez toujours vaincre ou mourir pour
    vous. »

A ces mots, les Français poussent un cri terrible.
Ils agitent les airs de leur glaive invincible.
Mille cris belliqueux se font entendre encor.
La rive a retenti de l'un à l'autre bord.
De l'ancre au fond des eaux les cordages frémissent,
La terre est ébranlée et les ondes mugissent.
Au choc qu'ils ont souffert, les regardant peu sûrs,
Boulogne épouvanté s'élance hors de ses murs.
Tel, dans les champs féconds, de l'ardente Sicile,
Tout-à-coup au moment où le ciel est tranquille,
La main d'un dieu puissant secouant l'univers,
Entr'ouvre, avec fracas, les portes des enfers.
Les clameurs des autans, les éclats de la foudre,
Les sifflemens aigus des flammes, de la poudre,
L'horrible cri des flots reculant de terreur,
Quand les monts embrasés sondent leur profon-
    deur, (8)
Du bruit du camp français sont l'imparfaite image.
Un dieu puissant éveille, agite leur courage ;
Il est tout dans les yeux de ce jeune héros.
Le grand Charles, à sa voix, l'agite sans repos.

A ces cris, ces clameurs, 'succède une harmonie
Bien terrible à la fois, bien chère à la patrie.
Les sonores caissons, les coursiers hennissans,
Les cariots raccourcis des airains fulminans,
Le bruit religieux de leur marche imposante,
Le silence sacré de leur bouche effrayante,
Tout est cher à leurs yeux, tout donne à ces guerriers
Le signal du départ pour le champ des lauriers ;

Et Charles, avec plaisir contemplant son ouvrage,
Retrouvant dans son fils ses talens, son courage,
Certain de le revoir bientôt victorieux,
Voit ce départ, sourit et monte dans les cieux.

FIN DU CHANT TROISIÈME.

NOTES DU CHANT TROISIÈME.

(1) Charlemagne ou Charles Ier., roi de France. Il conquit l'Allemagne et l'Italie ; il fut roi de France et d'Italie et empereur d'occident.

(2) Ou sait que la Porte-Othomane étoit dans la coalition , et qu'elle a fourni quatre-vingt mille bœufs pour les subsistances des armées de l'empereur d'Autriche.

(3) Le roi de Suède a prêché la croisade; il a imité Pierre l'Hermite qui réunissoit les guerriers en tems de paix et se mêloit parmi eux, mais s'en tenoit éloigné au jour du combat.

(4) Charles, en faisant ce dénombrement, rappelle les peuples et les provinces qui étoient alors sous la domination de François II.

(5) On doit reconnoître , à ces traits , l'empire des Russies et Alexandre son empereur , dont les états ont plus de mille lieues de longueur sur cinq à six cents de largeur.

(6) Pompée avoit la flotte la plus formidable ; César n'avoit, pour ainsi dire, pas un vaisseau. Le sort de Pompée pourroit être le modèle de celui de l'Angleterre, quant aux résultats.

(7) Frédéric II, roi de Prusse, disoit, en parlant des Russes : on peut les tuer, et non pas les vaincre. En effet, ce peuple a un courage passif qui lui fait braver la mort et l'attendre de sang-froid.

(8) L'on entend parler ici des laves fondues qui, coulant dans la mer, la font bouillonner, et produisent des sifflemens effroyables.

FIN DES NOTES DU CHANT TROISIÈME.

CHANT QUATRIÈME.

Dans les champs palatins l'active renommée,
Précédant le grand peuple, annonçoit son armée.
Déja le Rhin frémit à leurs champs belliqueux.
Il s'élance étonné, lève un front sourcilleux.
Il gonfle avec courroux ses ondes mugissantes.
Mais à peine à-t-il vu ces cohortes brillantes,
Sur-tout Napoléon qui précède leurs pas,
Que, joyeux, il renonce aux apprêts des combats;
Et même, en abaissant sa profonde barrière,
Son onde offre au héros sa rive hospitalière.
Dans son regard superbe est l'intrépidité,
Et dans son cœur gémit la tendre humanité.
Parmi tant de guerriers, fiers enfans de la gloire,
Combient vont de leur sang acheter la victoire?
Et, dans tous ces climats que Mars va parcourir,
Que d'habitans heureux vont pleurer, vont gémir!
Dans les sanglans assauts, dans le feu des batailles,
Combien de cruautés! combien de représailles!
Son courage, à ces traits, semble être suspendu.
On diroit que la crainte a glacé sa vertu.
Nouveau Mars par sa force et son bouillant courage,
Il ne peut, comme lui, vivre au sein du carnage.

Le bonheur des mortels confiés à ses soins
Est, pour son cœur aimant, le premier des besoins.

Il appelle un guerrier. « Pars, dit-il sans colère,
Va porter à FRANÇOIS ou la paix ou la guerre.
Dis-lui que, sur le Rhin prêt à franchir ses flots,
J'ai voulu contenir l'ardeur de ces héros ;
Dis-lui que j'offre encor la paix avec franchise.
Deux fois la Germanie, à nos armes conquise,
S'il prétend renoncer à la foi des traités,
Devra l'accuser seul de ses calamités. »

Le message est parti. Son offre généreuse
Porte au cœur de FRANÇOIS une espérance affreuse.

« Ce guerrier si fameux frémit donc du danger !
Se dit-il à lui-même. Ah ! je cours me venger. »

Ainsi l'ose espérer un prince téméraire.
En effet ses soldats, marchant avec mystère,
S'écartant des chemins, franchissant les guérets,
Cotoyant les vallons, traversant les forêts,
Cherchent à déguiser leur marche et leur personne.
FRANÇOIS dit, cependant : « La paix qui m'environne
De mon cœur paternel fait le plus doux espoir.
Le bonheur de mon peuple en fait un saint devoir.
Allez : que l'océan, témoin de vos courages,
Vous voie, en Albion foudroyer ses rivages.
Ignorez-vous le prix des paroles d'un roi ?
La paix est en vos mains ; j'en ai donné ma foi. »

A ces mots, le guerrier part, et sa voix sonore
Porte un flatteur espoir au héros qu'il honore :
Mais cette paix, si chère à son cœur belliqueux,
Ne retient qu'un moment ses bataillons fougueux.
FRANÇOIS parle de paix et s'apprête à la guerre.
En repoussant l'orage, il arme son tonnerre,
Il attend que le nord, du sein de ses frimats,
Ait vomi, dans ses camps, des torrens de soldats.
Déja les Esclavons, les Sarmates, les Scythes,
De leurs vastes forêts ont franchi les limites.
Alors, ne doutant plus d'un succès éclatant,
Déployant ses drapeaux, il marche en conquérant.
A ses armes déja la Bavière est soumise,
Le Tyrol est en feu, la Souabe est conquise.
De nombreux bataillons sur deux points à la fois,
Menacent d'envahir l'Italie et ses droits.
A ces forces encor vont s'unir cinq armées,
Par l'attrait des trésors, par la gloire enflammées.
Deux empereurs fameux par leurs nombreux états,
Vont, contre un seul mortel, diriger tant de bras.
Ce mortel, à leurs yeux, est frappé d'épouvante,
Déja ses escadrons, sur l'arène sanglante,
Leur semblent déposer leur antique valeur,
Et la France est en proie à toute leur fureur ;
Tout sourit à leurs vœux ; il ne manque à leur gloire,
Que d'acheter plus cher une telle victoire.

Tels sont les sentimens de ces nombreux guerriers.
Sachez les cultiver, ces faciles lauriers ;
Car déja, loin de vous, l'ardente renommée

Dit à Napoléon l'orgueil de votre armée.
Par un heureux instinct doutant de vos discours,
Du fleuve il n'a quitté ni traversé le cours ;
Et se voit-il certain de votre perfidie ?
Plein d'un juste courroux, noblement il s'écrie :

« Je n'ai pu, par la paix, satisfaire à mon
  cœur,
Par la guerre allons donc satisfaire à l'honneur.
Trop superbes mortels, qui provoquez la foudre,
Je vois vos fronts fumans sous vos lauriers en poudre.
Sur la foi des traités, vous gardiez vos états ;
Ces traités ne sont plus ; l'abîme est sous vos pas. »

Il dit. Ses bataillons poussent des cris de joie.
Ils aiment les dangers que le ciel leur envoie.
Ils brûlent de partir pour ces climats lointains.
Déja l'acier vengeur a brandi dans leurs mains.
Mais à ces beaux transports s'unissent des alarmes.
Dans l'œil de nos soldats on voit rouler des larmes.
Quel pronostic affreux ! quel sombre égarement !
Le vieux soldat s'étonne et frémit un moment.
De ces jeunes soldats la douleur l'intéresse.
Jamais au cœur français vit-on cette foiblesse ?
Un grenadier s'avance, et cet accent du cœur
Exprime son courroux autant que sa douleur.

« N'êtes - vous point, dit - il, de la race des
  braves ?
Et votre sein craint-il le fer de ces esclaves ? »

« C'est vous que nous craignons, dit le jeune cons-
        crit. (1)
Dans ses regards, son geste, est un noble dépit.
Vous allez, triomphans, montrer votre courage ;
Et nos fronts vont pâlir sur ce triste rivage.
S'il est un art sacré qui donne la valeur,
Tout Français, en naissant, l'apporte dans son
        cœur. »

    Il dit ; et le sanglot qui sort de sa poitrine
Etouffe les accens de sa douleur divine.

    « Oui, partez, dit un autre ; et les désertions
Iront, au premier choc, grossir vos bataillons.
Vous n'irez pas mourir sans nos jeunes vaillances.
Nous voulons des lauriers et non pas des vengeances.
Sommes - nous des Français, placez-nous dans vos
        rangs.
Sommes-nous des soldats ? guidez nos pas sanglans.
Le lion, dont l'Afrique a juré la défaite,
Ses fils à ses côtés, défend mieux sa retraite.
Vous serez les lions des parages du nord ;
Nous sommes vos enfans et nous vaincrons d'accord.»

    A ces mots, un grand cri retentit dans la plaine ;
Il va se répéter sur la rive lointaine.
Napoléon s'étonne, et ces nobles débats,
Vers ces jeunes guerriers, lui font porter ses pas.
« Oui, dit-il, mes enfans, oui je suis votre père ;
Votre valeur me plaît ; votre douleur m'est chère.

Venez au champ d'honneur proclamer sur nos pas,
Que, dès le premier choc, les Français sont soldats.»

L'accent de cette voix, par une voix nouvelle,
Vole de bouche en bouche, et telle une étincelle
de ce fluide ignée, arme de Jupiter,
Parcourt en un clin d'œil cent mille anneaux de fer,
Et va rendre au malade, en calmant sa souffrance,
La tranquille gaîté qui naît de l'espérance; (2)
Telle, dans tous les cœurs va retentir soudain
Cette voix du héros qui part des bords du Rhin;
Les conscrits, glorieux du sort qui les appelle,
Semblent tous avoir pris une essence nouvelle.
Et ces gardes fameux, qui furent autrefois (3)
La force de l'empire et la terreur des rois,
S'arment, et rappelant leur antique vaillance,
Vont former au dedans un rempart à la France.
Alors NAPOLÉON lève un front menaçant.

« Parjures des traités! j'ai soif de votre sang,
Dit-il en regardant les lieux où naît l'aurore.
Ma valeur à vos murs est étrangère encore!
Tremblez! au premier jour, vos timides soldats
Sont captifs ou plongés dans la nuit du trépas. »

A ces mots, pour signal, la foudre au loin détonne.
Le Rhin mugit de joie, et son onde bouillonne.
Sur cinq ponts, Kelh, Manheim, Durlach, Spire et
     Cassel,
S'effectue à l'instant ce passage immortel.

S'appuyant sans danger sur le dos de ses ondes,
Le Français sort, bouillant, des ses vagues profondes.
Ney, Davoust et Marmont, Lannes, Soult et
    Murat,
Sont les six généraux qui, du Palatinat,
Vont, avec le héros que l'univers contemple,
Aux rois qui l'ont trompé porter un grand exemple.
Tout s'avance à-la-fois. Bernadotte est au nord ;
Sur un terrain parjure il s'avance d'accord.
Augereau, Masséna, noms chers à la patrie,
Vers le centre commun tendent par l'Italie ;
Et Napoléon seul, l'ame de tous ces corps,
Conduit, presse, dirige ou contient leurs efforts.

Cependant les Germains, moins fiers de leurs con-
    quêtes,
Vont se mettre dans Ulm à l'abri des tempêtes.
Du Tyrol effrayé d'un puissant ennemi,
Ils rappellent les leurs dans ce commun abri.

Ainsi quand les torrens des Alpes nébuleuses
Descendent au printems de leurs cîmes neigeuses,
Et qu'à coups redoublés la foudre dans les airs,
Embrâsant l'atmosphère, ébranlant l'univers,
Fait voler en éclat les écluses célestes,
Et joint à ces torrens des torrens plus funestes ;
Alors les habitans des bourgs et des hameaux,
Dans un antique fort entraînent leurs troupeaux ;
Et vingt fleuves unis formant un fleuve immense,
Battent ces murs, l'espoir d'une vaine prudence ;

Tels, dans Ulm, les Germains, ces conquérans d'un
    jour,
Vont en hâte, effrayés, assurer leur séjour.
Mais si le même espoir dans ce fort les rassemble,
Bientôt un même sort doit les frapper ensemble.

Douze corps composés de ces fiers grenadiers, (4)
Dont le front si souvent s'ombragea de lauriers,
Des bords tyroliens partis pour la Bavière,
Ont répandu l'effroi par leur marche guerrière.

Un héros, que la paix ne sauroit amollir,
Ce présent du midi, le vainqueur d'Aboukir,
Inquiet, tourmenté que déja son courage
N'ait point de ces climats fait un champ de carnage,
S'avançoit, et par-tout son avide regard
Cherchoit un ennemi. Tel un beau léopard,
Tourmenté par la faim, cherche ou poursuit sa proie,
Et marque en la voyant une effrayante joie;
Tel Murat, projetant ses regards enflammés,
Voit sortir tout-à-coup des bataillons armés.
Son cœur brûlant palpite et son œil étincelle.
« Couvrons-nous, compagnons, d'une gloire immor-
    telle,
Dit-il à ses guerriers. Voici les premiers coups
Qui vont de nos Français signaler le courroux. »

A ces mots, disposant ses phalanges terribles,
Déja sous ses drapeaux tant de fois invincibles,
Il marche à l'ennemi, qui d'un pas assuré,
Brûlant des feux du jour, marche le flanc serré.

Des escadrons couverts d'une armure éclatante
Rendent leur front plus sûr, leur retraite plus lente ;
Mais le Français fougueux s'élance avec fureur ;
Il a l'œil embrâsé, le ton fier du vainqueur.
Joyeux de voir enfin luire un jour de carnage,
Ils comptent sur Murat comme sur leur courage.
La foudre au loin détonne, et des rangs emportés
Marquent des bataillons les pas ensanglantés.
On s'approche ; on saisit le glaive, arme terrible
Qui, malgré les hasards, rend le brave invincible.
Soudain des flots de sang coulent de toutes parts.
La fureur, la vengeance est dans tous les regards.
Le Germain, le Hongrois, vaillant par caractère,
Se dévoue en naissant aux horreurs de la guerre.
Aussi fait-il sentir la valeur de son bras !
Mais le Français, l'amant du sexe et des combats,
Par des coups plus certains répond à leur vaillance.
Jamais plus de valeur, de fougue, de prudence !
Et tandis qu'Arrighi, plein d'un noble courroux,
Porte aux guerriers d'Albert les plus terribles coups ;
Tandis que son coursier, bravant le fer, la foudre,
De son flanc entr'ouvert ensanglante la poudre,
Et tombe en expirant sous les coups du destin,
Ses dragons irrités, de leur vaillante main,
A des soldats nombreux font mordre la poussière ;
Et leur chef remonté, rentrant dans la carrière,
S'ouvre un large chemin de morts et de mourans.
Beaumont par-tout aussi porte ses pas sanglans.
Maupetit, dont le sort marqua l'heure suprême,
Trouve un noble trépas en chargeant au neuvième ;

Et vainqueur en mourant, il a le noble espoir
Que le héros va dire : « Il fit bien son devoir. »

C'est au moment terrible où le sort se balance,
Que Lanne enfin paroît. Comme un tigre il s'élance.
Oudinot le seconde; et leurs braves Français
Volent, sous leurs drapeaux, à de nouveaux succès.
Bientôt parmi les rangs le désordre est extrême.
L'ennemi, plein d'effroi, se cherche en vain lui-
        même.
Son sang, qu'il répandit jadis avec plaisir,
Dans son flanc tout-à-coup a semblé s'attiédir;
Et cédant au génie autant qu'à la vaillance ,
Il demande à se rendre au héros de la France.
Canons, drapeaux, bagage, officiers et soldats ,
Tributs du conquérant, vont marcher sur ses pas.

Excelmans sort des rangs, vole aux pieds du mo-
        narque, (5)
Y pose huit drapeaux, cette honorable marque
Des malheurs du vaincu, des succès du vainqueur;
Et le héros charmé lui dit : « Guerrier d'honneur !
Dans ce jour solennel vous en fûtes l'égide;
A ma voix désormais vous en serez un guide. »

Tel fut le premier choc de ces vaillans soldats
Qui devoient, orgueilleux, inonder nos climats.

Ainsi NAPOLÉON, dans sa just· colère ,
Ami des bons Germains, menaçoit l'Angleterre ,

Lorsque ces agresseurs , oubliant leurs traités,
Nous apprêtent la honte et des calamités.
Napoléon y court ; la terreur le précède.
On prétend l'accabler ; c'est à lui que tout cède.

Tel un lion superbe, élevant ses enfans ,
Promène ses regards sur les sables brûlans.
Il s'apprête à franchir leur immense carrière ;
Il veut d'un léopard y forcer le repaire ;
Quand du noir Africain un escadron poudreux
Parcourt , pour l'assaillir , cent chemins tortueux.
A la faveur des rocs, du ténébreux feuillage,
Ils cachent les desseins de leur secrète rage;
Mais le roi des forêts veille de toutes parts ;
Au moindre bruit s'élance ; il vole , et mille dards
De ses fiers assaillans annoncent la présence.
Il s'arrête un moment. Une noble assurance
Est dans tout son maintien ; mais bientôt à sa voix ,
Dont retentit au loin la profondeur des bois ,
Tous les siens, embrâsés de sa fureur guerrière ,
Fougueux, vont attaquer l'Africain téméraire.
Il n'ose plus combattre ; il pâlit de terreur.
C'est dans son ennemi qu'a passé sa valeur.

Tel est Napoléon envers la Germanie :
Et tournant ses regards vers Dieu, vers sa patrie
Il adresse aux prélats ses vœux pour le Seigneur,
Et présente aux Français le prix de sa valeur; (6)
Il veut leur rappeler ces paroles suprêmes :

« Sur mer , dans les combats et dans les déserts
     mêmes ,

J'eus présente à mon cœur la noble opinion
Que concevoit de moi la grande nation.
Je voulus toutefois, m'assurant son hommage,
De la postérité mériter le suffrage. »

Ces discours, les Français les ont-ils oubliés ?
Ah ! lorsque tant d'états vont tomber à tes pieds,
Falloit-il ces drapeaux, monument de ta gloire,
Pour croire à tes vertus et bénir ta mémoire ? »

A peine Wertingen a-t-il vu tes guerriers,
Que Guntzbourg vient encor leur offrir des lau-
   riers. (7)
Ney, Malher et Loison, dans leur marche intrépide,
Portent à Ferdinand une atteinte rapide.
En vain l'horrible mort, proclamant ses succès,
Se promène à grands pas dans les rangs des Français.
L'ennemi, plein d'ardeur, en mordant la poussière,
Couvre de sang, de morts, une immense carrière.
Ombre de Lacuée, appaise ton courroux ;
C'est venger ton trépas que d'imiter tes coups.

Soult est dans Memmingen, et ma voix à l'his-
   toire (8)
Peut confier aussi sa brillante victoire ;
Et Dupont, près d'Albeck cerné de toutes parts,
Contraint les ennemis à gagner leurs remparts ;
Non sans avoir laissé dans le champ des batailles
Des prisonniers nombreux, de tristes funérailles.
Bernadotte à Munich et Davoust à d'Achau,
Frémissent de n'avoir aucun danger nouveau.

C'est ainsi que, trompés dans leur bouillant cou-
    rage,
Les Germains de l'attaque ont perdu l'avantage;
Ils croyoient dans nos murs apporter le trépas,
Et n'osent dans les leurs affronter les combats.
Devant leurs bataillons ils nous croyoient en fuite;
Et c'est nous qui déja sommes à leur poursuite.
Leur monarque, joyeux au sein de son palais,
Croit ses nombreux guerriers vainqueurs chez les
    Français;
Et ce sont les Français qui, dans son vaste empire,
Font des lois que bientôt il lui faudra souscrire;
Et le héros, auteur de ces brillans succès,
S'empare, en triomphant, du cœur de ses sujets.

FIN DU CHANT QUATRIÈME.

NOTES DU CHANT QUATRIÈME.

(1) Il est certain que plusieurs bataillons de conscrits, cruellement affectés de ce qu'on ne les croyoit pas en état de faire la guerre, on été sur le point de se débander et de déserter leur corps pour aller grossir les rangs de la grande armée. L'Empereur leur permit de marcher, et il en est qui se sont distingués à *la bataille d'Austerlitz.*

(2) Il est certain, quoiqu'en disent ceux qui, ayant fait des expériences sur le fluide électrique, ne s'y sont point disposés par les marches indiquées par la nature, il est certain que ce fluide, l'agent vital par excellence, peut être suppléé, par le physicien, dans le corps du malade et lui rendre la santé dans une foule de maladies où les ressources de la pharmacie sont inefficaces.

(3) On parle ici des gardes nationales, qui ont été réorganisées utilement au moment du dernier passage du Rhin.

(4) Douze corps de grenadiers, venant du Tyrol au secours de l'armée de Bavière, furent attaqués par le prince Murat. Le combat fut sanglant. Le maréchal Lannes vint encore les attaquer au milieu du combat. (Voyez Bulletin 2ᵉ. et 3ᵉ.)

(5) Excelmans, chef d'escadron, aide-de-camp du prince Murat, porta les huit drapeaux pris sur l'ennemi, à l'Empereur qui lui dit : Je sais qu'on ne peut être plus brave que vous. Je vous fais officier de la Légion d'honneur.

(6) L'Empereur, après cette bataille gagnée, fit rendre grace à Dieu, et envoya les huit drapeaux pris à Wertingen, à la commune de Paris. (Voyez Bulletin 3ᵉ.)

(7) Combat de Guntzbourg, livré vingt-quatre heures après le précédent. Le maréchal Ney y commandoit en chef contre le prince Ferdinand. Je n'ai pu détailler tous ces combats; ils ne sont, pour ainsi dire, qu'indiqués. Il eût fallu dix Iliades pour les peindre tous en détail. (Voyez Bulletin 4ᵉ.)

(8) Je le répète; il m'eût été impossible de retracer chacun en détail les combats qui ont précédé la prise d'Ulm. (Voyez le Bulletin 5ᵉ et suivans.)

FIN DES NOTES DU CHANT QUATRIÈME.

CHANT CINQUIÈME.

C'EST ainsi que déja la mort insatiable
Promenoit, à grand bruit, sa faux inexorable ;
Et le soldat germain, battu de toutes parts,
Cherche un abri funeste au sein de ses remparts.

Toi, qui les a contraints à déclarer la guerre,
Viens donc les secourir, ô perfide Angleterre !
A travers l'océan, conduis tes bataillons.
N'auras-tu que l'orgueil de tes prétentions ?
Cette noble valeur, qui gagne les batailles,
Va-t-elle enfin sortir de tes sombres murailles ?
Verrons-nous tes guerriers aux Germains triomphans
Dans les champs bavarois, unir leurs bras sanglans ?
Mais peut-être avec nous crains-tu la Germanie ?
Vois, de notre océan, la côte dégarnie !
Tandis que nos guerriers, en de lointains climats,
Par tes soins odieux livrent d'affreux combats,
Attaque enfin ces bords, prouve-nous ton courage.
Non, non. Garde plutôt ton nébuleux rivage.
Fais d'inutiles vœux ; évoque les enfers.
Que par eux la tempête agite au loin les airs !

Que l'onde et les frimats, en désolant la terre,
De tes dieux protecteurs annoncent la colère.

Mais que dis je, en effet, contre d'heureux vain-
    queurs,
On diroit que l'enfer a transmis ses fureurs
Aux fougueux élémens, agens de la nature.
Ils font entendre au loin un horrible murmure.
Des cavernes du nord les autans déchaînés,
Chargés d'épais frimats, l'un par l'autre entraînés,
Volent, sur les Français, exercer leurs ravages.
Neiges, torrens glacés, impétueux orages,
Tout vient les assaillir dans ces climats lointains ;
Et la terre et les cieux et l'homme et les destins
Sont autant d'ennemis, qu'une haine infernale,
En faveur d'Albion, oppose à sa rivale.
La terre est inondée, et, cédant sous leurs pas,
Jusqu'aux genoux flexible, _ elle s'ouvre aux sol-
    dats. (1)
Le ciel verse, à longs flots, et les frimats et l'onde.
Le Danube gonflé, dans sa couche profonde,
En sort impétueux, et, contre des héros,
Il roule, avec fureur, la hauteur de ses flots. (2)
Toi, qui vis tant de fois, sur les rives sanglantes,
Ces Français déposer leurs armes triomphantes,
Pourquoi viens - tu contre eux, par d'effrayans
    excès,
T'opposer maintenant à leurs justes succès ?
Les grains, les vins, cueillis sur tes rives fécondes,
Servent, malgré nos soins, de tributs à tes ondes ;

Et Napoléon seul, dans ces calamités,
Repousse les chagrins de nos adversités.
«Soldats, nous disoit-il, combattez la nature;
Dans peu je vous promets une gloire plus sûre.
Envain notre ennemi prétend nous échapper,
Il vouloit nous cerner, j'ai su l'envelopper.
Ils sont nombreux, vaillans, leur antique courage,
D'un triomphe plus beau, nous est l'heureux pré-
     sage.

La nature elle-même, en combattant pour eux,
Les a rendus plus forts et nous plus valeureux. »
« Sans leur manque de foi, la perfide Angleterre
Auroit à supporter tout le poids de la guerre,
Vos glaives acérés auroient brisé les fers
Dont un siècle d'orgueil vient d'enchaîner les mers ;
Et plongeant ces tyrans dans une nuit profonde,
J'aurois mis en vos mains les dépouilles du monde.
Mais, frapper les Germains dont elle arme les bras,
C'est déja leur donner les terreurs du trépas.
S'ils ont osé lui vendre et leur gloire et leur vie,
C'est qu'ils avoient perdu leur antique énergie.
Nous allons leur livrer les plus sanglans assauts,
Ulm, ses flots, ses remparts vont être leurs tom-
     beaux.
Que le Danube ici, que son onde écumante,
De cadavres chargée, apporte l'épouvante
A Vienne dont la cour a trahi ses sermens.
Qu'elle trouve un remords parmi ses flots sanglans,
Et qu'elle apprenne enfin, par sa tragique histoire,
Que l'honneur et non l'or doit fixer la victoire. »

Il dit ; des cris perçans ont ébranlé les airs.
Tout se livre dans Ulm à des transports divers ;
Et le héros , bravant l'épais frimat des nues ,
Remplit , d'un noble amour, ces ames éperdues.
C'est en leur promettant un beau champ de lauriers ,
Que, d'exemple et d'espoir, il soutient ses guerriers.
Pour lui comme pour eux , s'élève la tempête ;
Comme en eux, les frimats, la nuit couvrent sa tête; (3)
Et lorsqu'il est en butte à l'homme , aux élémens ,
Il surveille à-la-fois les cités et les camps ;
Un œil sur son armée , un autre œil sur la France,
Il s'occupe de lois , de guerre , de finance.
Surveillance , héroïsme, audace, honneur, succès ,
Tout le mène à-la-fois au bonheur des Français.

Heureux l'état puissant dont la loi protectrice ,
Sous un roi belliqueux , amant de la justice ,
Défend les citoyens , honore le guerrier ,
Et cultive à-la-fois l'olive et le laurier !
Si parmi tous les rois , ces maîtres de la terre ,
Nul n'aimoit le pouvoir ni les droits de la guerre ,
Un monarque guerrier seroit , pour ses états ,
Un fléau , réglât-il le destin des combats.
Mais le ciel a voulu qu'une guerre intestine
Déchirât l'univers dès sa tendre origine ,
Un roi donc sans valeur , quoique fidèle aux lois,
Plein de vertus , n'est point le modèle des rois.

Mais aimer la justice autant que le courage ,
Pour soi, pour ses sujets , abhorrer l'esclavage ,

Réunir la sagesse à l'intrépidité ,
Combattre avec fureur , chérir l'humanité ,
Détester les combats , adorer la victoire ,
Voilà comme on obtient une immortelle gloire.

Henri , de tous les rois , ô modèle parfait !
Des cieux, pour les humains, ton cœur fut un bienfait.
Les Français t'ont chéri. Pardonne un seul outrage !
Ce délire insensé ne fut point leur ouvrage. (4)

Quand le sort t'accabla sous un glaive assassin ,
Ton peuple, au désespoir , déplora ton destin.
Tu connus, mais trop tard, qu'une horde orgueilleuse
Ne pardonne jamais à l'ame généreuse
Qui veut , par ses bienfaits , les forcer d'obéir ,
Et croit s'en faire aimer comme il sait les chérir.
De l'orgueil abattu prétendre à la conquête ,
C'est du fer des vaincus environner sa tête.
O monarque chéri ! ton ombre, au sombre bord,
Ne dut point accuser ton peuple de ta mort ;
Et de nos jours encor, ta cendre dispersée
Et du meilleur des rois l'image renversée
Ne fut point le forfait de ton peuple en couroux ,
Qui , libre un seul moment, fut lors à tes genoux.
Dans ta céleste image , adorant ton génie ,
Il crut te voir encor protéger la patrie.
Pour briser cet airain , eût-il porté des lois ?
C'étoit te poignarder une seconde fois !
Répands , du haut des cieux , ton esprit sur la terre.
Eteins, dans tous les cœurs, les fureurs de la guerre.

D'une éternelle paix, toi seul, en triomphant,
Pouvois, au monde entier, apporter le présent.
Ton vaillant successeur, que l'univers contemple,
Peut donner cette paix et lui servir d'exemple,
Cette paix, seul bienfait, seul prix de la valeur,
Qui, du peuple et des rois, assure la grandeur.

FRANÇOIS, quel est ton sort pour l'avoir violée ?
Sous d'immenses débris, ta couronne accablée,
Sans le cœur d'un monarque eût fait ton déses-
    poir,
Et ta juste défaite assuré ton pouvoir. (5)
Vainqueur, il t'eût fallu céder à l'Angleterre ;
Vaincu, de tes sujets, deviens encor le père.
Avec NAPOLÉON, montre-toi leur appui,
Et contre leur tyran, sois leur guide avec lui.

Mais, que dis-je ? la guerre est encore allumée.
Sous le fer du vainqueur, vit encor ton armée.
Elle vit, mais par-tout, les bronzes fulminans
Ecrasent tes guerriers, tes coursiers écumans.
Contre un vainqueur fougueux, dernier et triste
    asile,
Ulm offre, à tes soldats, un rempart inutile.
Envain de Ferdinand la belliqueuse ardeur
Combat pour eux encore et lutte avec honneur,
De ces murs écarté par un vainqueur terrible,
Il semble les livrer à son bras invincible.
Envain, dans sa retraite, il livre cent combats,
Mack, guerrier sans courroux, abhorrant le trépas,

Indomptable à la paix , mais traitable à la guerre ,
Vaillant par politique , humain par caractère ,
D'un formidable assaut a vu tous les apprêts ,
Et ménageant le sang des Germains , des Hongrais,
Plus amateur du jour , que sensible à la gloire ,
Il cède son armée au fils de la Victoire ;
Et ses nombreux soldats , sous le glaive abattus ,
Sont brillans de santé. Les vainqueurs , les vaincus ,
Prenant chacun pour soi , route qui leur convienne ,
Le Germain court en France et le Français à Vienne.

Mais , avant leur départ , voyons l'heureux vain-
      queur
Consoler les vaincus en leur sauvant l'honneur ,
Et les laisser jouir d'une faveur extrême ,
Offrant à leur amour sa majesté suprême.
Tous , avec intérêt , y portant les regards ,
S'éloignent, moins chagrins, de ces tristes remparts.

Tandis que l'étranger , plein de respect , d'estime ,
Rend hommage aux vertus d'un monarque sublime ,
Le Français lui jurant amour , fidélité ,
Souffrant , privé de tout , conserve sa gaîté.
On diroit qu'il soit là comme en un jour de fête ,
Et qu'il célèbre en paix une illustre conquête.
Les uns , avec transport , admirent le héros ;
Les autres , plus légers , forment d'heureux propos ;
D'autres vont aux blessés parler de leur vaillance ,
Et les chants de victoire appaisent leur souffrance.

L'un de ces malheureux, les deux bras en lam-
  beaux,
Répandoit quelques pleurs et soupiroit ses maux. (6)
Les couteaux recourbés, la scie aux dents tran-
  chantes,
Promenant leur acier dans les chairs palpitantes,
Lui disent que bientôt ses bras, sacrifiés,
Déchirés et sanglans, vont tomber à ses pieds.

Les médecins émus, voyoient couler ses larmes;
L'un d'eux, par ses discours, veut calmer ses alarmes.
Il lui dit qu'un instant va finir ses douleurs,
Que l'Etat doit un jour consoler ses malheurs,
Que, jusqu'à ce moment, soutien de la patrie,
Il en sera l'honneur le reste de sa vie.
Mais le jeune guerrier s'afflige amèrement.
Tout à coup la douleur cédant au sentiment,
Il dit: « Pourquoi ces pleurs? mon délire est extrême !
Quoiqu'absent de mon corps, le soixante et neuvième,
Les fers croisés au bras sur trois rangs affermi,
N'en marchera pas moins terrible à l'ennemi. »

Il dit, s'assied l'œil sec et son ame est sans trouble.
Au terrible appareil son courage redouble.
L'on applique à son bras le fatal tourniquet,
L'on porte les couteaux, la scie et l'aiguillet,
On lui coupe les chairs, et l'éclatante scie
Promène sur les os sa dent qui mord et crie.
Le bras tombe et l'aiguille amène les vaisseaux.
On réunit les chairs, les artères, les os,

Et le guerrier conserve un œil doux , un front calme.
Tel un martyr chrétien , recevant cette palme
Par maints tyrans jadis , offerte à ces mortels
Qui l'emportoient , joyeux , aux parvis éternels.
Ah ! puisse-tu , guerrier , au temple de mémoire ,
T'environner , comme eux , d'une immortelle gloire !

Que ne puis-je moi-même , ô Français belliqueux !
Retracer votre gloire et vos accens joyeux !
On vous verroit par-tout sans fiel , sans arrogance ,
Témoigner , inspirer l'amour , la confiance ;
Chanter avec transport et Bellone et Vénus ,
Joindre aux foudres de Mars les toasts à Bacchus ,
Et voyant tout céder , sans obstacle , à vos armes ,
N'avoir d'autre chagrin que d'être sans alarmes ,
Et , courant désormais , de livrer des combats ,
Moins par les coups du fer que les sons de vos pas.

Mais le ciel , en faisant les destins de la terre ,
A mis , dans ses besoins , l'homme à l'homme con-
    traire.
Françors, loin de nos camps et plein d'un fol espoir, (7)
Sur les Français vaincus , admirant son pouvoir ,
Méditoit , incertain , sur quel point de la France
Il iroit affermir son auguste puissance.
Ses ministres , instruits de ses premiers revers ,
Le laissoient plein de joie à ses pensers divers ;
Quand tout - à - coup des cris , des sanglots et des
    plaintes
Troublent sa rêverie et le glacent de craintes.

Il accourt ; il s'informe ; on n'ose lui parler ;
Ce silence effrayant ne sert qu'à l'accabler.
Il s'emporte , il ordonne ; un lugubre ministre
Lui dit , en frémissant, la nouvelle sinistre.
François s'étonne ; il veut marcher aux ennemis.
De leur insigne audace, il veut qu'ils soient punis :
Mais de Français joyeux une troupe d'élite ,
Dans les champs de l'Autriche étoit à sa pour-
    suite.
Il l'apprend ; il ne peut dévorer ce chagrin.
Il maudit à-la-fois l'Anglais et le destin.
De son ambition il voit le vuide immense.
Sera-t-il dépouillé de sa propre puissance ?
Il n'ose interroger ses ministres confus ;
Dès le premier revers , ses esprits abattus
Le laissent sans espoir , absorbent sa pensée ;
Sous le poids du malheur sa belle ame est froissée.

« Tout n'est-il donc pas fait, dit-il, pour m'obéir?
A fuir dans mes états , qui pourroit m'asservir ?
Mes sujets , si nombreux, sont-ils sans énergie ?
N'ont-ils aucun amour pour moi , pour la patrie?
Pour défendre leur maître attendront-ils ma voix ?
Et sur leur sang enfin ai-je perdu mes droits ? »

Tels sont les vains discours que sa bouche profère :
Mais son cœur les dément ; cœur d'un excellent
    père !
Il n'a que les défauts de foiblesse et d'erreur ,
Dont un roi voit tromper sa suprême grandeur.

Il croit qu'un homme est grand pour être sur un
    trône ;
Qu'il est sage et vaillant de ce qui l'environne.
Il croit que, pour défendre et régir ses états,
Il suffit d'ordonner des conseils, des combats,
Et que tout à sa voix, marchant dans ses murailles,
Il doit en être ainsi du destin des batailles.

FIN DU CHANT CINQUIÈME.

NOTES DU CHANT CINQUIÉME.

(1) C'étoit une bien pénible situation que celle de l'armée française : elle eut à combattre en effet, la valeur des ennemis, les besoins physiques du corps et les plus cruelles intempéries des saisons. Au milieu de ces calamités, elle ne perdit rien de sa gaîté, et se fit un sujet de plaisanteries de celui de ses souffrances.

(2) Le débordement du Danube fut tel, que depuis plus de cent ans, l'on n'en avoit point vu de pareil.

(3) Toute la France a su que l'Empereur couchoit au bivouac comme les soldats ; qu'il partageoit toutes leurs fatigues, et qu'il avoit en sus la conduite de plusieurs grandes armées et l'administration de ses états, dont il falloit s'occuper sans cesse.

(4) Il est vrai de dire que les horreurs de la révolution française n'ont pas été commises par des Français. Tout le monde a su qu'en 1789, lorsque la nation donna un libre essor à son patriotisme, les Français, en passant sur le Pont-Neuf, ôtoient leur chapeau à Henri IV, et que les femmes s'inclinoient devant lui. Ce ne sont pas ceux, dont le cœur se manifestoit ainsi, qui ont brisé sa statue, monument de gloire pour les peuples et d'émulation pour les rois !

(5) Il est plus que douteux, si François II, vainqueur, d'accord avec l'Angleterre et la Russie, auroit gardé une souveraineté aussi brillante que celle que lui a laissée sa défaite.

(6) Ce fait est consigné dans un des Bulletins.

(7) L'on cachoit à François II la défaite de son armée. Il l'apprit au moment où il comptoit, en allant la joindre, jouir de ses triomphes.

FIN DES NOTES DU CHANT CINQUIÈME.

CHANT SIXIÈME.

Toi qu'on chérit par-tout en te persécutant ;
Toi sans qui rien n'est beau, même aux yeux du
     méchant ;
Toi, par qui la clarté règne au fond des ténèbres,
Et qui, pour les tyrans, n'as que des sons funèbres,
Auguste Vérité, fais entendre ta voix ;
Dis-nous que la vertu fait la grandeur des rois ;
Qu'elle seule aux tombeaux arrache leur mémoire ;
Que le vice, entouré d'un appareil de gloire,
Adoré du puissant, du foible respecté,
Est toujours en horreur à la postérité ;
Que tout monarque est homme, et que cette injustice,
Dont il foula le sceptre au gré de son caprice,
Pour l'accuser un jour, sortant de son tombeau,
Dira : s'il fut puissant, il fut lâche et bourreau.
De sa fausse grandeur environnant le trône
Et méprisant le peuple, il ternit sa couronne.
L'éclat d'un souverain n'est pas dans son palais ;
Il est tout dans son peuple heureux de ses bienfaits.
Qui pense que régner c'est voler à la gloire,
N'a jamais consulté les pages de l'histoire.
C'est là le tribunal où les rois sont jugés,
Les tyrans confondus et les peuples vengés ;

Mais c'est là qu'un grand prince, environné d'hom-
    mage,
A tout roi vertueux offre une belle image.
Suivre un modèle heureux pris dans l'antiquité,
C'est en être un plus beau pour la postérité.

FRANÇOIS de ces pensers, dans sa douleur extrême,
Commençoit à sentir la vérité suprême,
Quand la sombre terreur qui précède leurs pas
Annonce les Français, ces vainqueurs du trépas.
Doit-il, dans ses malheurs, s'armer d'un vain
    courage ?
Le vainqueur le poursuit ; la fuite est son partage.
Doit-il se confier au nord de ses états ?
Vers le sud orageux doit-il porter ses pas ?
Là Charles, conservant sa haute renommée,
Sauve de Masséna les débris d'une armée;
Et le nord lui promet un monarque puissant,
Dont l'ame est généreuse et le bras fulminant.
Deux cent mille soldats, armés pour sa défense,
Vont parmi les Français signaler leur vaillance.
Fuyant donc vers le Russe, il y cherche un appui.
Mais le deuil, mais la mort par-tout marche avec
    lui. (1)
Dans ses états, le Russe armé pour le défendre,
N'offre que des déserts et des monceaux de cendre.
Voler, incendier, verser des flots de sang,
Des femmes des Germains déshonorer le flanc,
Sont les fréquens excès de sa funeste rage ;
Ennemi des Germains, eût-il fait davantage ?

« Sont-ce là, dit François, ces vaillans défenseurs?
Ne sont-ils pas plutôt de sanglans agresseurs?
Vainqueur, je triomphois pour toi, lâche Angleterre,
Vaincu, de tes amis, j'éprouve la colère.
Quelle est cette fureur qui préside au combat?
Guerriers, n'êtes-vous donc qu'un fléau pour l'État? »

Il dit et fait partir un rapide message,
Qui doit de ces brigands arrêter le ravage.
Il s'adresse à leurs chefs; il parle au nom des lois,
Et de l'humanité fait entendre la voix.

« Qui pouvons-nous frapper, répond un chef
        impie?
Il faut alimenter notre juste furie.
Ne parlez point de loi; le fer est en nos mains.
A défaut de Français nous frappons des Germains. »

« A défaut de Français, répond-il! tant de braves
Auroient-ils succombé sous le fer des esclaves?
Vous n'en avez que trop éprouvé la valeur!
Diernstein dit assez votre juste terreur!
Les rives du Danube attestent vos défaites.
De quel effroi Mortier environna vos têtes!
Quatre mille Français ont couru sur vos pas.
Leur bronze a foudroyé des milliers de soldats.
Barbares, renoncez à ces honteux rivages;
Allez à ces dangers opposer vos courages.
Le Français, animé du plus noble courroux,
Pour voler au combat n'attendra pas vos coups.

Voyez , sur Diernstein, l'active renommée. (2)
Quatre corps ont suffi pour vaincre votre armée.
Allez voir ces monceaux de morts et de mourans.
Du fleuve interrogez les flots , les bords sanglans.
De vos aiglons dorés comptez le nombre immense.
Combien ont déployé leurs ailes vers la France !
Et vos foudres, restés sans garde au champ d'honneur,
Attestant votre fuite , ont dit notre valeur.
Mortier, Gazan, Wathier , le quatre et le centième,
Et ces fiers bataillons, trente-deux et neuvième,
Vous diront que le sort qui les mit sur vos pas ,
Vous réserve par-tout d'aussi vaillans soldats. »

En effet , depuis l'Inn jusqu'aux portes de Vienne,
Quel est celui de vous dont la valeur soutienne
L'impétuosité d'un généreux vainqueur?
Et Lambach , Amstentten ont vu votre terreur. (3)
Pourquoi donc imputer, au Germain formidable,
Et la honte et l'effroi dont le sort vous accable ?

Cependant plein d'espoir encore en ses soldats ,
François marche avec eux au nord de ses états.
Entré dans Brünn , il compte y séjourner paisible ;
Mais il apprend bientôt que, toujours invincible ,
Napoléon , chassant les Russes belliqueux,
Est dans Vienne , agissant en vainqueur généreux ;
Qu'il a tout épargné ; que, des droits de la guerre,
Détestant les fureurs, il s'y conduit en père.
Annonce consolante ! et beau sujet d'effroi !
Ce conquérant va-t-il faire adorer sa loi ?

Ne veut-il employer la terreur de ses armes
Qu'à finir, des mortels, les troubles, les alarmes ?
Dans Vienne on voit marcher ce superbe vainqueur,
Comme on eût vu passer François triomphateur.
Le commerce, les arts, tous les soins de la vie
Conservent, sous ses lois, leur antique harmonie.
S'il frappe un ennemi, c'est le Russe oppresseur.
Le vaincu n'est jamais aux genoux du vainqueur.
Les Viennois ont cru voir, à sa noble clémence,
Qu'il a, contre le Russe, embrassé leur défense,
Et que, vers l'orient, s'il fit tant de chemin,
Ce fut pour le venger de ce peuple inhumain.

C'est alors qu'effrayé du sort qui le menace,
François croit voir, dans Brunn, le héros sur sa trace.
Il s'y confie au bras du monarque esclavon ; (4)
Mais déja sous ses murs vole Napoléon.
Malgré tant de combats, il est, dans sa poursuite,
Plus actif et plus prompt que François dans sa fuite.
Il part; Napoléon saisit Brunn et Kautznitz,
Marche en vainqueur, laissant à sa droite Austerlitz.
Pense-t-il que bientôt, ménageant sa retraite,
Il y doit, triomphant, assurer sa conquête ?

Il s'avance à Wischau. Là se présente enfin
Ce monarque du nord, ce maître du destin.
Fier encor des lauriers que les Huns, les Vendales,
Les Sarmates, les Goths, ces nations rivales,
Les Scythes, les Alains, marchant contre nos rois,
Dans les camps du midi cueillirent autrefois ; (5)

Il conduit, plein d'espoir, leur superbe courage.
Tel, dans les mers du nord, lorsqu'un immense orage
Précédé de la nuit, apporte, impétueux,
Les frimats de la terre et la foudre des cieux,
On vòit le nautonnier à sa rage homicide,
Opposer un front calme, un courage intrépide,
Disposer son navire à braver les dangers,
Mais suspendre ses pas sur ces bords étrangers.

Tel est NAPOLÉON ; plein d'une noble audace,
De ces guerriers nombreux il entend la menace.
Des rives du Niester, de l'Ural, du Volga,
Du Léna, de l'Amur, de l'Obi, du Waiga
Qui roulent orgueilleux sur des rives fécondes,
Ou du pôle glacé vont enrichir les ondes,
Sont sòrtis plein d'ardeur, à la voix de leur czar,
Deux cent mille guerriers pour défendre César.
Ils sont tous commandés par ce jeune ALEXANDRE
Qui, monarque, guerrier, avoit droit de prétendre
A des lauriers plus purs que ceux qu'il va cueillir :
Quand on commande à tous est-on fait pour servir ?
L'or que donne un grand roi fait sa magnificence,
L'or qu'il gagne en servant avilit sa puissance.
La valeur du brigand est la cupidité.
La valeur du soldat est l'immortalité.

Déja NAPOLÉON, poursuivant sa conquête,
Souvent de ces guerriers a fait courber la tête.
Mais vaincus et jamais domptés dans les combats,
En eux il a trouvé d'intrépides soldats ;

Et ceux dont sa valeur termina la carrière ,
Font , pour lui , d'ALEXANDRE , un puissant adver-
    saire.
Chéri de ses sujets , plein d'une noble ardeur ,
En faveur de FRANÇOIS brûlant d'être vainqueur ,
Cent mille combattans marchant sous sa puissance ,
Tout rehausse l'espoir de sa jeune vaillance.
Le sang pur d'un héros , grand homme et souverain ,
Dans ses flancs généreux ne coule pas en vain.
C'est le prouver déja que d'oser , dans l'arène ,
Attaquer les destins d'un si grand capitaine.
Lorsque , dans nos projets , l'adversaire est si grand ,
On l'est encor beaucoup étant au second rang.

Ces empereurs fameux sont à peine en présence ,
Qu'ils sont impatiens d'exercer leur vaillance.
Un espoir importun leur agite le cœur.
Jamais on ne brûla d'une plus noble ardeur.
Ils vont, sous peu d'instans , dans la plaine sanglante,
Recevoir tour-à-tour et porter l'épouvante.
Ils commandent aux fils de ces peuples fameux
Que l'on vit arrêter les mortels belliqueux ,
Qui, pour le seul plaisir de désoler la terre ,
A des peuples nombreux alloient porter la guerre. (6)
Tous ces rois si puissans , Sésostris, Darius,
Le fougueux Alexandre et le vaillant Cyrus ,
Des bords de l'Hellespont, s'élançant chez les Scythes
Virent , à leur fureur , s'élever des limites ;
Et le Goth belliqueux , le Vendale inhumain ,
N'ayant jamais fléchi sous l'empire romain ,

Ont, dans Rome, deux fois aux maîtres de la terre,
Vainqueurs, fait éprouver les horreurs de la guerre.
La Grèce a vu le fer de ces fiers combattans
Mutiler, égorger ses généreux enfans ;
Et l'Euphrate, et le Rhin, et l'Espagne et la
    France,
En des tems moins heureux, ont connu leur
    vaillance.

Tels sont les fiers guerriers qui, nous portant la
    mort,
Descendent, par torrens des longs glaciers du nord.

Mais le héros français, prévenant leurs menaces,
Vole affronter leur glaive, et leurs monts, et leurs
    glaces.
Il offre à leur valeur, à leurs bras fulminans,
Sur leurs monts de Géans, des combats de géans; (7)
Et déja, sous Wischau, le turbulent Cosaque
Et le Russe indompté, viennent tenter l'attaque.
Le projet est brillant, le choc impétueux ;
Pour la première fois, nos escadrons poudreux,
Etonnés, semblent fuir une attaque soudaine.
Leurs coursiers bondissans couvrent l'immense
    plaine :
Mais Murat, dont la gloire aime à guider les pas,
Venge ce foible affront par d'illustres trépas ;
Et le vainqueur, luttant contre un bouillant cou-
    rage,
A payé de son sang ce premier avantage.

La nuit vient séparer enfin les combattans :
Elle remplit d'espoir les Russes triomphans ;
Et voyant les Français comme une immense proie,
Ils goûtent, dans leur camp , l'ivresse de la joie,
L'air retentit au loin de leurs cris belliqueux.

« Les voilà donc vaincus ces Français si fameux !
Et ce NAPOLÉON , ce maître du tonnerre,
Qu'il dépose, à nos pieds, le sceptre de la terre !
Il croyoit que nos bras , dans les glaces du nord,
Savoient, sans la donner, se soumettre à la mort.
Qu'il vienne , à nos genoux , déposer ses couronnes !
Demain , avec fracas, vont s'écrouler ses trônes. »

C'est ainsi que parfois , dans un guerrier d'honneur,
Un orgueil insultant s'unit à la valeur.
Et tandis que leurs cris signalent leur victoire ,
NAPOLÉON , tranquille, insensible à sa gloire ,
S'applaudit d'un échec qui donne à ses soldats
Un dépit qui souvent est l'ame des combats ;
Tandis qu'un fol espoir , même au sein des conquêtes,
Enfant de la victoire , engendre les défaites.

Tout plein de ces pensers , l'indomptable héros
Va prendre à son bivouac un instant de repos.

Non loin , veillant au sort de sa brillante armée,
Noble ami du monarque et de sa renommée ,
Fidèle compagnon de ses nombreux exploits ,
Berthier , dans tous les rangs , fait entendre sa voix ;

Prenant soin des soldats , nourrissant leur ton-
    nerre ,
Sa vigilante ardeur est l'ame de la guerre.

Il revient au bivouac; il voit cet Empereur
Dont si souvent les maux ont affligé son cœur.
Couché sur les frimats , la tête sur le chaume ,
Son camp est son palais , le ciel en est le dôme.
Il se dit : « O mortel, si cher à mon amour !
Repose ! à tes côtés , moi j'attendrai le jour.
Si de mes soins par fois dépend ta renommée ,
De tes jours précieux dépend toute l'armée.
Puisse un Dieu protecteur de tes lois , tes vertus ,
Associer ton ame à ses grands attributs. »

Il dit ; sur l'amitié portant sa vigilance ,
A côté du héros il se place en silence.
Tous les vents sont muets , les astres scintillans ;
Le froid , du haut des airs , retombe par torrens.
Il cherche le sommeil ; mais un trouble l'agite.
Son cœur, avec effort , se soulève et palpite.
A cette émotion il est comme étranger.
Il voudroit et pourtant ne peut s'interroger.
On diroit ses esprits, sa grande ame au supplice.
Le trouble va croissant , mais il fait son délice.
Dans ce moment de crise un céleste entretien ,
Seul objet qui le trouble. est son heureux soutien.

« Je te revois , mon fils , je viens à ta vaillance ,
Dit l'esprit qui l'agite, offrir sa récompense.

Tu m'as vu dans Boulogne, et je suis ce grand roi
Qui fut des nations le vengeur et l'effroi.
Tu mets des jours à vaincre, et je mis des années.
Tu dois passer en tout mes hautes destinées.
Pour me faire obéir, versant des flots de sang,
Je fus quelquefois juste et souvent conquérant.
Ce titre est peu de chose, et l'immortelle gloire
Ne nous vient point du sang versé dans la victoire :
Mais du sang qu'on épargne, en donnant aux mortels
Des exemples fameux, des codes éternels.
Toujours les conquérans de la terre asservie
Ont été des fléaux même pour leur patrie ;
Et ceux qui, parmi nous, ont l'immortalité,
Sont ceux dont la valeur servit l'humanité.
Rassasié de gloire au printems de ton âge,
Souviens-toi qu'on s'abaisse élevant l'esclavage.
Dans un état puissant, quand on règne sur lui ,
Vainqueur, on est sans gloire, et vaincu, sans appui.
La fortune a ses dons, mais elle a ses caprices ;
Et lorsqu'à la vertu l'on fait des sacrifices,
Si la fortune change et s'arme de courroux,
La vertu généreuse en fait aussi pour nous.
Parvenu sans rivaux au faîte de la gloire ,
Après avoir offert une époque à l'histoire ,
Fais que tes sages lois, par leurs accords divers,
Soient un beau point de mire au terrestre univers.
De vingt siècles passés détruis les faux prestiges,
En créant des vertus , opère des prodiges.
Conduis ces grands projets par toi seul enfantés ;
De cent rêves fameux fais des réalités :

Pense , en faisant tes lois , qu'il faille t'y sou-
    mettre.
Rends l'homme , en l'éclairant , aussi grand qu'il
    doit l'être ;
Et les peuples futurs qui vivront sous ta loi ,
Possédant tes bienfaits , croiront vivre avec toi. »

Bonaparte , à ces mots, se tourmente, s'agite,
Et trois fois , plein d'espoir , son noble flanc palpite.

« Quoi ! dit-il au héros qui vient de lui parler ,
En courage, en vertus ai-je pu t'égaler?
Et dois-je , en gouvernant ces nations guerrières ,
Créer , pour leur bonheur , des lois héréditaires ? »

« Il est beau de régner , mais c'est par ses vertus,
Dit Charle , et commander à des peuples vaincus ,
C'est , au sein de la paix , perpétuer la guerre.
Gouverne les Français , sois leur ami , leur père ;
Fais des rois, donne au monde un exemple écla-
    tant ;
Triomphe en père tendre et non en conquérant;
Imite ma prudence, évite mon délire.
Mon tombeau fut celui de mon trop vaste empire.
Donne au tien plus de gloire et de solidité,
Qu'il surpasse le mien par sa prospérité ,
Autant que les beaux arts et la philosophie
Surpassent ceux des tems où je reçus la vie.
Mais le premier devoir d'un prince vertueux
Est d'aimer ses sujets et de vaincre pour eux ;

De ton couronnement le grand anniversaire,
Dans trois jours accomplis, verra finir la guerre.
Tes destins l'ont marqué pour un jour de bonheur.
Demeure ici, demain ALEXANDRE, vainqueur,
Viendra te proposer un combat mémorable.
Comment contiendras - tu ton armée indomp-
      table ?
Le Français verra-t-il le Russe impunément
L'insulter, l'assaillir dans son retranchement ?
Que la nuit de son voile en couvrant ta retraite,
Semble, à tes ennemis, annoncer ta défaite.
Pars, fais trève un moment à l'intrépidité ;
Va chercher la victoire et l'immortalité. »

Il dit ; et s'écartant du héros qu'il captive,
Il l'entend qui s'éveille, et, d'une voix plaintive,
Exprime ses regrets, revenant sur ses pas,
Et fuyant les dangers, d'affliger ses soldats.
Berthier voit d'un ami l'étrange inquiétude,
Il veut à le calmer employer son étude.
Il apprend du héros qu'un puissant empereur,
De sa secrète voix, vient d'agiter son cœur.
Ce prodige est pour lui d'un favorable augure ;
Il voit de ce mortel les cieux et la nature
Préparant la grandeur, devenir son appui ;
Et soudain dans le camp il pénètre avec lui.
NAPOLÉON commande un départ nécessaire,
Et, prenant à témoin l'astre qui les éclaire,
Il dit à ses guerriers que cet ordre inhumain
Leur assure un beau jour marqué par le destin.

Cependant le soldat croit céder à l'orage ;
En fuyant, il concentre une secrète rage,
Et dans sa marche, il a, toujours préoccupé,
Le silence et l'effroi du courage trompé.

FIN DU CHANT SIXIÈME.

NOTES DU CHANT SIXIÈME.

(1) Les papiers publics nous ont annoncé les horreurs commises par les Russes en Bohême, en Moravie, en Autriche, et la terreur que leur présence inspiroit.

(2) Le combat de Diernstein, commandé par le général Mortier. Cinq mille Français ont soutenu, pendant tout un jour, le combat le plus sanglant contre trente mille Russes, et les ont forcés à la retraite, après avoir laissé cinq mille morts sur le champ de bataille et abandonné la moitié de leurs drapeaux et de leur artillerie.

(3) Il en est de ces combats comme de plusieurs autres, que je suis forcé de rappeler seulement au souvenir du lecteur.

(4) La Russie, proprement dite, a été conquise par les Esclavons ou Scythes. Leurs czars, qui ont quitté ce titre pour prendre celui d'empereur, descendoient des chefs de ces Esclavons.

(5) Nous voyons dans l'histoire les maux que ces nations barbares ont faits aux états méridionaux de l'Europe. Ils y ont quelquefois obtenu de grands avantages. S'ils fondoient sur la France, c'étoit au nombre de cinq à six cent mille combattans. Ils marchoient contre un peuple divisé en une foule de petits états qui ne pouvoient pas aisément

se réunir pour un intérêt commun. Cependant Attila connut la valeur des Français ; et malgré ses six cent mille combattans, il n'en laissa pas moins deux cent mille dont les ossemens blanchirent dans les plaines de la Champagne.

(6) Les Scythes n'ont jamais été vaincus par ces conquérans fameux.

(7) Les montagnes de la Moravie s'appellent les montagnes des Géans.

(8) Les Cosaques et la cavalerie russe attaquèrent devant Wischau la cavalerie française qui fut obligée de se replier. La nuit d'après, l'Empereur leva son camp, rétrograda et fut le placer entre Brunn et Austerlitz.

FIN DES NOTES DU CHANT SIXIÈME.

CHANT SEPTIÈME.

O patrie ! est-ce vous dont l'amour plein de charmes,
Nous fait trouver la joie au milieu des alarmes ,
Et nous dissimulant les horreurs du trépas ,   .
Nous fait , avec ardeur desirer les combats ?
Ou l'honneur, don du ciel, si cher à notre empire ,
Soutenant le Français dans son heureux délire ,
Et lui faisant braver la souffrance , la mort ,
Un pied dans les tombeaux , suffit-il à son sort ?
Qui pourroit en douter en voyant la tristesse
Du Français qui , la nuit , regrette en sa vîtesse ,
Les combats que le jour destine à sa valeur ?
Ce trajet, sans péril , est fait avec douleur.

Le jour naît. Austerlitz à leurs yeux se présente ,
Et l'ame du héros frémit impatiente.
Il s'arrête entre Brunn et les murs d'Austerlitz.
Il fait choix pour son camp des champs de Slapanitz.

Telle on vit une armée aux plaines de Pharsale ,
Prendre un champ de bataille offert à sa rivale ;
Tel bientôt ALEXANDRE, en partant de Kautnitz ,
Plein d'un superbe espoir va choisir Austerlitz.
En courage , en audace, il imite Pompée ,   .
Cmme ui sa valeur pourroit être trompée.

Il voit autour de lui des flots de combattans ,
Que l'éclat de son nom attira dans ses camps ;
Et des champs palatins aux rives des Tartares ,
Des soldats policés et des soldats barbares ,
Étonnés de se voir ensemble réunis ,
Suivent , pour les combats , deux empereurs amis.
NAPOLÉON demande une paix honorable , (1)
ALEXANDRE est armé d'un courage implacable :
NAPOLÉON s'afflige au sang qu'il va verser ,
ALEXANDRE jouit aux flancs qu'il va percer.
Dans l'un est la fureur , dans l autre le courage ,
Et la douceur de l'un fait de l'autre la rage.

Tel César affligé , passant le Rubicond ,
Demande envain la paix à Rome qu'il confond.
Dans les champs de Pharsale , il la demande encore ,
On flétrit sa valeur d'un projet qui l'honore.
César , cherchant la paix , médite les combats ,
Pompée , en les cherchant , ne s'y dispose pas.

Tel est NAPOLÉON. Tranquille, il délibère ,
En desirant la paix, sur le sort de la guerre ,
Et plein d'un fol espoir, ALEXANDRE enchanté ,
Attend un beau triomphe avec sécurité.
Sur ses vastes projets que la valeur seconde ,
Reposoit et l'espoir et les destins du monde.
Un ennemi fuyant et demandant la paix ,
Semble avoir mis un terme à ses brillans succès.
Déja l'espoir du Russe est une folle ivresse ;
A la cour du monarque une ardente jeunesse ,

Loin , avec le vainqueur de vouloir composer ,
Pour saisir le Français brûle de tout oser ;
Et si , dans le conseil , on parle , on délibère ,
Ce n'est pas que l'on craigne un puissant adver-
    saire ,
Mais on veut s'assurer , en livrant le combat ,
De prendre ou d'immoler jusqu'au dernier soldat.
L'on veut jusqu'à Paris poursuivre sa victoire , (2)
Et du nom de Français éteindre la mémoire.
Du conseil assemblé , c'est le dernier avis ,
C'est l'espoir insensé de ces jeunes esprits.

ALEXANDRE n'a point cet orgueil peu louable ;
Mais , grand par caractère et monarque indomptable,
Voyant le nord , le sud , l'Anglais même à ses pieds ,
Et croyant les destins à ses lois confiés ,
Jeune encor , commençant le cercle de la vie ,
Entouré de flatteurs qui trompoient son génie ,
Dictant ses volontés à deux cent mille bras ,
L'honneur seul fait l'espoir qu'il a pour les combats :
Et quand Dolgorouki, tout puissant sur son maître,(3)
Arrive au camp français et compte le soumettre ;
Quand, voulant discuter sur l'honneur, sur la foi,
Il fait voir qu'il ignore et leur mode et leur loi,
Quand fier, impérieux , perdant les convenances,
Il juge les Français sur quelques apparences ,
Quand , d'un ton arrogant , disant ses volontés,
En vainqueur orgueilleux , il dicte des traités,
Ce n'est point l'empereur qui parle par sa bouche ;
L'insensé croit parler au Cosaque farouche ,

Qui, depuis si longtems, est las de ses hauteurs.

NAPOLÉON se plaît à ses folles erreurs.
Il l'observe, étonné; garde un profond silence,
Et le jeune guerrier, dans sa vaine arrogance,
Plein de morgue et d'orgueil, rentrant à son conseil :
« J'ai vu de la terreur, le lugubre appareil,
Dit-il, en approchant de son auguste maître,
Le monarque français, venant me reconnoître,
A voulu, de son camp, soustraire à mes regards,
Et la crainte et l'effroi perçant de toutes parts.
Ils n'ont plus ce ton fier et ces vaines bravades.
Par-tout fossés profonds et longues palissades ;
Par-tout ronde inquiette et gardes étonnés,
Capitaines tremblans et soldats consternés.
Germains, qui sous leurs bras avez courbé vos têtes,
Votre lâcheté seule opéra leurs conquêtes.
Si la victoire ainsi les plaça loin de nous,
Ce fut pour vous apprendre à respecter nos coups.
Ecoutez, ô mon maître ! un avis salutaire.
Il faut que, dans ces lieux, le Français téméraire,
Servant en votre honneur, d'exemple à l'univers,
Trouve, au glaive du Russe, ou la mort ou des fers.
La fortune, qui seule éleva leur puissance,
Va trouver, dans nos mains, un terme à leur vail-
     lance.
Attaquons, entourons ce superbe ennemi,
N'allons point le combattre et le vaincre à demi.
Que pas un d'eux n'échappe à la rigueur commune,
Et que NAPOLÉON renonce à sa fortune ! »

« La fortune, il est vrai, dit un Autrichien,
En mainte occasion devenant son soutien,
Sembla de ce héros asseoir les destinées,
Mais, au champ des combats, j'ai compté trop
     d'années
Pour ne pas rendre hommage aux vertus, aux talens,
Et donner au hasard tant de faits éclatans.
Quand je vois la fortune au grand homme asservie,
Je crois voir l'ascendant de son propre génie.
Le monde a vu par fois des êtres merveilleux
Qu'on eût dit, sans mélange, être émanés des cieux.
Tel est NAPOLÉON, et, soit dans les batailles,
Soit fuyant nos quartiers ou forçant nos murailles,
Je l'ai vu constamment lui-même, en souverain,
Par son génie ardent, commander au destin.
On vous dit, que l'effroi règne dans son armée,
Je la croirois plutôt, de courroux enflammée,
Elle attend le moment de venger son honneur,
Et vous allez bientôt connoître sa valeur.
Pour finir d'accabler le Français que tu braves,
Cinquante mille encor vont s'unir à nos braves.
Encor trois jours d'attente et ces vaillans guerriers
Dans ces champs, avec nous, vont cueillir des lau-
     riers.
Quel que soit ton espoir, écoute la prudence.
A nos nombreux soldats, unissons leur vaillance.
Pour vaincre des Français les braves légions,
Crois moi, ce n'est pas trop de tous ces bataillons.
Que sais-tu si, craignant leur prochaine arrivée,
Le héros, déguisant sa vaillance éprouvée,

Ne veut pas, excitant ton orgueilleuse ardeur,
Te donner un espoir qui te perce le cœur? »
— « Attendre des renforts, c'est attendre la honte;
Et l'honneur naît toujours des dangers qu'on affronte.
Plus tard ces conquérans pourroient nous échapper;
Il faut brusquer l'attaque et les envelopper. »

Au fier Dolgorouki cent guerriers, plein d'audace,
Répondent, irrités, par des cris de menace ;
Et cent mille soldats, dispersés dans le camp,
Poussent ces cris affreux : *du sang! du sang ! du
sang !* »

« Vous en aurez du sang, dit le vieux militaire.
Puissé-je le premier tomber dans la carrière !
Puisse le premier globe élancé de l'airain,
A ma tête blanchie épargner ce chagrin !
Contre ces fiers vainqueurs, couverts de tant de
gloire,
Croyez-vous, attaquant, courir à la victoire? »
Il veut parler; sa voix s'étouffe dans les cris.
Tous brûlent d'enchaîner d'insolens ennemis,
Et le vieux guerrier cède au torrent qui l'entraîne.
Tel, au milieu des flots, un prudent capitaine,
Ne pouvant résister à la fureur des vents,
Quittant le gouvernail, s'abandonne aux courans.
A l'effroi de la mort, opposant le courage,
Impassible au danger, faisant tête à l'orage,
Il reste sur la proue, immobile fardeau,
Jusqu'au moment où l'onde engloutit son vaisseau.

Tandis que ces guerriers , pleins d'un bouillant
    courage,
Attendoient le moment de voler au carnage,
Le grand NAPOLÉON, ignorant leurs projets,
D'un combat formidable ordonnoit les apprêts ;
Mais sur sa droite , il voit l'ennemi qui s'ap-
    prête ,
Défilant, s'alongeant, à couper sa retraite.

« O ciel ! dit le héros ; serois-je assez heureux
Pour mettre enfin un terme à ces combats affreux ?
Et demain verrons-nous, à l'aurore naissante,
Nos destins s'accomplir sur l'arène sanglante ? »

Il dit et voit encor filer maints bataillons.
Il approuve en secret ces dispositions ,
Que leur dicta l'orgueil, qu'adopta la vaillance.
Il voit déveloper, dans un espace immense ,
Cent mille combattans qui, d'un front assuré ,
Vont chercher un combat si longtems desiré.
Le héros , enchanté, sourit à leur menace.
Il connoît cependant leur valeur , leur audace ;
Et même en dirigeant savamment ses guerriers ,
Il sait qu'on lui vendra chèrement ses lauriers.
Le héros s'applaudit en voyant leurs phalanges
S'écarter du vrai but par des marches étranges.
Des hauteurs de Prazen ils dominent son camp ;
Pour les en repousser, combien de flots de sang
Il veut de ces hauteurs ménager leur retraite ,
Et préparer ainsi leur célèbre défaite.

Mais Phébus disparoît. Déja le firmament
A revêtu les feux de son couronnement ;
Et la nuit de son voile enveloppant la terre ,
Déroboit au soldat l'appareil de la guerre.
Les feux sont allumés et la garde du camp ,
Autour de ses remparts , porte un œil vigilant.
Alors Napoléon , près du soldat qui l'aime ,
Veut aller s'établir simple comme lui-même :
Mais à peine au bivouac , a-t-il fait quelques pas ,
Qu'il voit l'empressement , l'ivresse des soldats.

« Le voilà donc ce jour de vengeances , de haines !
Lui dit un grenadier ; sur ces monts, dans ces plaines,
Nous, combattant du fer, toi, combattant de l'œil ,
Nous creuserons au Russe un immense cercueil. »

« L'Autrichien dompté , mais non sans espérance ,
Répondit le héros , ose unir sa vaillance
Au Russe , peuple ardent et fier dans les combats,
Qui comporte , en ses rangs, deux genres de soldats.
Les uns ont, des Français, les mœurs et le langage ;
Comme eux, ils sont humains, même au sein du
    carnage ;
Comme eux , l'honneur les guide au plus fort du
    danger ;
Les autres sont un peuple à tout peuple étranger.
Mais pour être plus près des mœurs de la nature ,
Ils n'en ont au combat qu'une audace plus sûre.
Il faut pour les dompter unir au feu d'enfer
Et la force du bras et la force du fer.

A peine en leur délire , épars dans la carrière ,
Se croiront-ils vaincus en mordant la poussière.
Alors, en les traitant avec humanité ,
Craignez le désespoir de leur férocité.
Ils mourront satisfaits si , leur force affoiblie ,
Descendant aux tombeaux , ils vous ôtent la vie ;
Et pour les secourir ne faites point d'effort,
Qu'ils n'aient enfin perdu le desir de la mort. »

Il dit ; et dans le camp l'active renommée (4)
Pousse des cris aigus et répète à l'armée :

« Vive Napoléon ! Napoléon le grand !
Demain , retour sacré de son couronnement !
Demain, nous célébrons ce grand anniversaire;
Demain, pour l'honorer, nous terminons la guerre. »

Elle a dit, et soudain une immense clarté
Annonce des soldats l'espoir et la gaîté.
Le chaume, en longs tuyaux, sur des perches aigues,
S'enflamme, et de ses feux va réchauffer les nues ;
Rivale d'un beau jour, cette nuit de clarté
Étonne les regards du Russe épouvanté.
Dans son effroi subit il soulève ses armes ;
Il prend ces cris joyeux pour de longs cris d'a-
     larmes.
Mais la valeur succède à l'effroi du danger.
On voit aussi le chaume en leurs mains s'alonger.
Le feu prend , il pétille, et la flamme légère
Éclaire en voltigeant une immense atmosphère.

Ils répondent, croyant célébrer leur valeur,
A nos chants de gaîté par des chants de fureur ;
Et les bons villageois qui, fuyant leur chaumière,
Ont vu du haut des monts cette étrange lumière,
Ont cru que le Français, le Russe, le Germain,
Se poursuivoient, le fer et la flamme à la main.

FIN DU CHANT SEPTIÈME.

NOTES DU CHANT SEPTIÈME.

(1) On connoît le message de Savary près d'ALEXANDRE les négociations que l'Empereur des Français voulut entamer pour la paix, la crainte qu'il manifesta en fortifiant son camp à la hâte, et se laissant braver impunément par quelques escadrons ennemis. Le dessein de l'Empereur étoit de donner de la confiance à l'armée russe et de la décider au combat, ce qu'il desiroit par-dessus tout. Le Russe, naturellement très-présomptueux, ne douta point que la victoire ne lui fût assurée; il ne fut plus question, dans son camp, de savoir comment l'on vaincroit, mais comment l'on profiteroit de la victoire.

(2) Au moindre avantage que les Autrichiens, et surtout les Russes, remportoient sur les Français, ils crioient de toute leur force : à Paris! à Paris, annonçant par-là qu'ils étoient en marche pour cette capitale, et qu'ils y seroient bientôt.

(3) Qui ne se rappelle pas les grossières bravades du prince Dolgorouki et ses propos plus que légers, lorsqu'il vint parler, de la part de son maître, à l'Empereur des Français? NAPOLÉON, pour le confirmer dans le desir de livrer bataille, se fit violence, et laissa entrevoir des craintes d'en venir aux mains, tandis qu'il n'en avoit pas d'autres que de n'y venir pas.

(4) Tout ceci est calqué sur le 31ᵉ. Bulletin et suivans.

FIN DES NOTES DU CHANT SEPTIÈME.

CHANT HUITIÈME.

C'est ainsi que, terrible, à tous les maux en proie,
Le Français dans son camp se livroit à la joie.
Souffrant, privé de tout, couchant sur les frimats,
Et n'attendant le jour que pour d'affreux combats,
Entourés de fureurs, de haînes, de vengeanges,
Napoléon paroît, ils n'ont plus de souffrances.

Cependant un soldat, tourmenté par la faim,
Monstre tout couvert d'yeux et qui n'a point de frein,
S'approche du héros, lui dit avec contrainte :
« Mon corps est sans vigueur, mais mon ame est sans
      crainte.
Tu vois mes flancs cernés de ce triple cordon.... »
    « Je t'entens, malheureux ! lui dit Napoléon ;
Pour t'en donner, moi - même il faudroit que j'en
    eusse.
Tout manque hors la valeur; le pain est chez le Russe.
Aiguise-moi ce fer, nous en aurons demain. »

Il dit, et de ces mots l'air retentit soudain :
« Vive Napoléon. » Et le héros, en larmes,
Se dérobe à leurs yeux en goûtant mille charmes.

« Ils sont tous mes enfans, et non pas mes soldats,
Disoit-il ; mais combien vont subir le trépas ?
O douce humanité ! tendresse qui m'est chère !
Ne vas-tu point me rendre inhabile à la guerre ? »

Il dit, et pour charmer son esprit ulcéré,
Il va dans son bivouac, de frimats entouré ; (1)
Et d'un tison noirci crayonnant sur la poudre,
Sa main retrace encor les sillons que la foudre
Doit bientôt parcourir pour frapper ces mortels,
Qui vont céder leurs jours aux destins éternels.

Mais l'aurore, à pas lents, s'avançoit incertaine.
D'un zéphyr précurseur on sent la froide haleine.
Le héros, inquiet, l'œil tourné vers les cieux,
Cherchoit vers l'orient un rayon lumineux.
Les chefs de ses guerriers étant en sa présence,
Pleins d'amour, de respect, l'écoutoient en silence.

« Pars, Davoust ; va, dit-il, tourne ces combattans,
Qui, pour nous immoler, veulent tourner nos flancs.
Gudin doit observer leurs marches menaçantes.
Va saisir de Prazen les cîmes fulminantes.
Vous, sur nos flancs de droite, allez, fiers canon-
    niers ;
Que vos globes sifflans écrasent ces guerriers !
Et lorsque de plus près vous verrez leur courage,
Sur ce danger plus grand fondant votre avantage,
D'une grêle d'acier couvrez leurs bataillons.
Toi, Bessière, conduis tes légers escadrons ;

Escortant de Vulcain les artisans terribles ,
Sur leurs flancs orageux contiens tes invincibles.
Soult, ma droite est à toi. Saint-Hilaire et Legrand ,
Vandame, du succès te sont un sûr garant.
Lannes, sois à ma gauche ; et marchant sur ta
        trace ,·
Suchet, Cafarelli serviront ton audace.
Bernadotte a le centre, et tout brave avec lui ,
Dans sa froide valeur trouvant un noble appui ,
Même au fond des enfers iroit porter la guerre ;
Et vous Drouet, Rivaut, dirigeant son tonnerre,
Songez que c'est en vous qu'est le nerf du combat.
Et toi, fils de Bellone , indomptable Murat ,
Tu sais à quels dangers t'appelle ta vaillance ;
Deviens dans ce beau jour le lustre de la France.
Sur tes pas triomphans , d'intrépides coursiers
Brûlent de seconder la valeur des guerriers ;
Et moi, témoin constant de votre ardent courage ,
Vous me verrez par-tout animer le carnage ;
Par-tout vous me verrez, cet acier dans les mains ,
Ecraser sous vos coups les Russes , les Germains.
Ce grand jour, dont les tems garderont la mémoire,
Va répandre sur nous une éternelle gloire.
Allez , réjouissez le cœur de vos soldats ;
Dites qu'ils vont voler à d'illustres combats. »

A ces mots, les guerriers, joyeux d'un tel message,
Vont des soldats français réjouir le courage ;
Et le héros , montant un coursier dont l'ardeur
Souvent dans les combats seconda sa valeur,

Part comme un trait rapide ; il parcourt d'une haleine ,
Ses bataillons, rangés sur les monts, dans la plaine,

Le jour naît ; le héros se présente aux soldats,
L'accent ferme et le front ombragé de frimats.

« Voici, dit-il, le jour marqué pour la victoire :
Vous portez dans vos cœurs la patrie et la gloire.
C'est pour elle toujours que les plus grands guerriers
Ont aiguisé le fer et dompté les coursiers.
Ce n'est point pour ses jours qu'on livre des ba-
   tailles,
Mais pour venger l'honneur , pour sauver ses mu-
   railles.
Le ciel se lasse enfin de nos calamités ;
Le soleil nous promet ses brillantes clartés.
Il brûle d'éclairer le triomphe des braves.
Qui de nous , en valeur , le cède à ces esclaves ?
Comme le feu, pour vivre, a besoin d'alimens ,
La valeur a besoin des dangers les plus grands.
Le ciel nous en prépare , et pour finir la guerre ,
Confondons l'ennemi par un coup de tonnerre. »

Il dit ; un cri perçant , cri d'amour. de fureur ,
Fait retentir les cieux. « Vive notre Empereur !
Vive NAPOLÉON ! » Et d'ardeur enflammée ,
Sur tous les points déja s'ébranle au loin l'armée ;
Et le Russe , écoutant ces joyeuses clameurs,
Sent du feu des combats les ardentes fureurs.

Monté sur un coursier dont la valeur guerrière
Va fouler, orgueilleux la sanglanté carrière,
Alexandre parcourt ses nombreux bataillons.

« Guerriers, leur disoit-il, généreux compagnons,
Souvenez-vous du sang qui coule dans vos veines.
N'auriez-vous délaissé vos demeures lointaines
Que pour venir ici démentir à mes yeux
L'honneur qui si longtems couronna vos ayeux?
Dieu nous donna le fer pour voler à la gloire.
Il n'est qu'un seul vrai bien ; ce bien est la victoire !
On doit braver pour elle un trépas assuré.
Mourir pour un triomphe est un devoir sacré.
Un timide allié, vaincu dans ces parages,
Pour être sans vigueur, glaceroit vos courages !
Accablez ces Français, dont le futile honneur
Est d'avoir triomphé d'un peuple sans valeur.
L'océan, fatigué de leur vaine menace,
Dans les champs d'Austerlitz les livre à votre audace.
Par leur gloire un moment vous fûtes outragés ;
Frappez, le ciel est juste et vous êtes vengés. »

Il dit ; cent mille cris ont ébranlé les nues.
D'une horrible fureur leurs ames éperdues
Vers le Français terrible accélèrent leurs pas.
Les deux partis, armés des foudres du trépas,
S'avancent empressés ; mais le Russe, intrépide,
A ses rangs moins serrés, sa marche plus rapide ;
Et tandis qu'il descend de ses froides hauteurs,
Le soleil, y versant ses rayons créateurs,

Frappant l'airain, l'acier, dans l'immense carrière,
Rend le front des côteaux éclatant de lumière.

Ferme , calme , joyeux, plus serré dans ses
     rangs , (2)
Le Français, moins fougueux, avançoit à pas lents.
Instruit que la victoire est le prix du courage,
Mais qu'à la voix des chefs il lui faut rendre hom-
     mage ,
De l'oreille et de l'œil il écoute , attentif,
Du chef qui le conduit le signal expressif.

Déja de toutes parts l'airain vomit la foudre.
Le boulet, emporté, bondit couvert de poudre.
Tantôt volant dans l'air, franchissant les guerriers,
Il va briser tilleuls, aulnes et peupliers ;
Tantôt rasant la terre et bondissant sur l'herbe ,
Il frappe également et le guerrier superbe
Et le valet timide à ses côtés tremblant.
Sous ses coups répétés, de longs ruisseaux de sang
Attestent que , luttant contre les destinées ,
La valeur ne sauroit prolonger les années.
N'importe , un beau délire est dans tous les partis ;
Une ardente fureur est dans tous les esprits.
Le Russe est glorieux, dans sa noble colère ,
De porter dans ses mains les destins de la terre.
Ils ne se doutent pas que ce jour de douleurs
A leurs parens chéris va coûter bien des pleurs!
Brûlant de signaler leur funeste courage ,
Ils volent pleins d'ardeur. Tel un brûlant orage

Dans les monts Appenins se forme nébuleux,
Et sur leurs flancs glacés se roule impétueux ;
Tel le Russe, emporté dans sa bouillante audace,
Unissant à ses cris la fougue et la menace,
S'avance, et dans ses rangs est l'implacable mort,
Qui, marquant de chacun l'irrévocable sort,
Inspire à ces guerriers des sentimens sublimes,
Excite leur fureur et marque ses victimes.
De là, s'enveloppant d'un voile ténébreux,
Menaçant des Français les escadrons poudreux,
Elle veut, mais en vain, en glaçant leur courage,
Les descendre entassés sur le sombre rivage.
De son foudre qui gronde, effrayant appareil,
La flamme, en tourbillons, obscurcit le soleil.
Le choc va commencer ; les bataillons terribles
Croisent déja leurs feux et leurs fers invincibles,
Quand tout-à-coup le son des clairons, des hautbois,
Des tambours, et des chefs les éclatantes voix,
Arrêtent du Français l'impétueuse audace.
Il recule ; il paroît sensible à la menace.
Le Russe ose déja le croire épouvanté,
Et le Français sourit de sa sécurité.
C'est un de ces détours qui gagnent les batailles.
Celui-ci va coûter d'horribles funérailles.
La mort s'est effrayée et l'enfer a frémi.
A peine le Français se voit-il raffermi,
Qu'il fond avec fureur sur le Russe indomptable.
Tout-à-coup il présente un aspect effroyable.
Ce ne sont plus ces cris joyeux, pleins de gaîté ;
C'est la sombre terreur, c'est l'intrépidité.

Soult, avec tous les siens, impétueux, s'élance ;
Il règne sur sa ligne un terrible silence.
Le sol, glacé, frémit sous les pas des guerriers.
Plus loin il retentit sous les fers des coursiers.
Murat, si renommé par sa valeur insigne,
Avec ses escadrons, paroît hors de la ligne.
Au bruit de l'airain creux, ses coursiers bondissans,
L'œil ardent, le pied ferme et les naseaux aux
       vents,
Battant du pied le sol, agitant leur crinière,
D'un regard enflammé, mesurent la carrière.

« Soldats, voici l'instant de cueillir des lauriers,
Dit-il ; regrettez-vous vos parens, vos foyers,
Le repos, le bonheur, que vous goûtiez en France ?
Allez les conquérir dans cette arène immense.
Nos ennemis sont là ; le glaive est en nos mains.
De nous seuls à présent dépendent nos destins.
Foudroyons les soldats de cette ligue impie ;
Nous allons, dans leur flanc retrouver la patrie. »

A ces mots, de la charge il donne le signal.
Tout s'ébranle à-la-fois ; tout suit d'un front égal ;
Et cet autre guerrier, favori de Bellonne,
Lannes, ce défenseur et du peuple et du trône,
Tel qu'en un champ de Mars, mesurant tous leurs
       pas,
Par nombreux échelons, fait marcher ses soldats.
Dans leurs mains sont la foudre et le fer homicide.
Leur marche est combinée, inégale et rapide ;

Le salpêtre détonne, et les plombs arrondis,
Par d'invisibles coups frappent les ennemis.
Ceux-ci dont la valeur, trop souvent ténébreuse,
Est terrible et féroce autant qu'impétueuse,
Opposent à leurs coups des coups non moins cruels.
Leurs tubes, embrâsés, lancent des traits mortels.
Les bataillons français, de toutes parts terribles,
Tels que des murs d'acier s'avancent invincibles.
Leurs feux toujours nourris et leurs fers sur trois
    rangs,
D'attaqués qu'ils étoient les rendent attaquans.
L'étonnement du Russe égale sa vaillance.
Il recule, entraîné par notre pétulance.
Le cliquetis des fers et de longs cris perçans,
Le feu des bataillons, deux cents airains tonnans,
Font un horrible bruit. Tel, au fort des tempêtes,
Quand les cieux irrités, en menaçant nos têtes,
Font gronder dans les airs vingt foudres sans repos,
Soulèvent l'océan, roulent d'immenses flots ;
Sous l'haleine des vents les cavernes mugissent ;
Sous les torrens jaunis les vallons retentissent ;
Les monts sont ébranlés jusqu'en leurs fondemens ;
On voit l'horrible choc de tous les élémens ;
Et ce désordre affreux, cet effrayant orage
N'est, du choc des guerriers, qu'une imparfaite image.

Vandame, Saint-Hilaire et Soult et leurs soldats
Sont les premiers à vaincre, à donner le trépas.
Leurs bataillons fougueux, sur la gauche ennemie,
Par des coups éclatans, signalent leur furie ;

Et le Russe indomptable , oppose à leur valeur ,
Le mépris de la mort , la force et la fureur.
Mais envain dans ses rangs , luttant contre l'orage ,
Il supporte ou produit un horrible carnage ,
Il faut céder au brave , et le soldat français
Pénètre , en les rompant , ses bataillons épais.
Dans ces longs murs d'acier , formés pour les dé-
    fendre ,
Le glaive du Français plonge et va les surprendre ,
Et la pointe homicide , en leur perçant le flanc ,
Y porte le trépas et s'abreuve de sang.

Jusqu'alors indompté , sur l'arène sanglante ,
Pour la première fois , le Russe s'épouvante.
Sous le fer du vainqueur , on les voit éperdus ;
La terreur les poursuit ; leurs rangs sont confondus.

Des hauteurs d'Austerlitz , le superbe ALEXANDRE ,
Digne d'un meilleur sort , s'il avoit su défendre
Une cause plus juste et des droits plus sacrés ,
Par le fer du vainqueur a les flancs déchirés.
Sa gauche est enfoncée et sa droite en retraite.
Son centre est menacé d'une entière défaite.
Sa réserve aussitôt , d'un vol impétueux ,
Par son ordre s'ébranle ; et ces guerriers fameux ,
Si fiers d'être placés près des jours de leur maître ,
Au signal du combat , ont semblé tous renaître.

Fier , terrible , à leur tête est le prince Repnin.
Non loin marchoit aussi le prince Constantin.

Vainqueurs dans cent combats, leurs guerriers in-
    trépides
Pressent les flancs poudreux de leurs coursiers rapides.
Ils chargent, des Français, les bataillons vainqueurs
O ciel ! de toutes parts, que de sang ! que d'horreurs !
Enveloppés soudain par des guerriers terribles ,
Les Français, au trépas, toujours plus impassibles,
Font tête à l'ennemi, qui, leur perçant les flancs ,
Sous les pieds des chevaux, les écrase sanglans.
Infortunés , mais fiers au milieu du carnage ,
Ils combattent encor d'un tranquille courage.
Envain le fer moissonne et détruit leurs soldats ,
Ils sont toujours ardens à donner le trépas.
Plus il tombe des leurs , plus le glaive homicide ,
A s'abreuver de sang , est ardent et rapide.
« Si Napoléon vit, il doit nous secourir ;
S'il n'est plus , il nous faut le venger et mourir. »

   Ainsi s'encourageoient ces guerriers intrépides ,
Et par-tout le héros portoit ses pas rapides.
Ses superbes coursiers , dociles à sa voix ,
Impétueux et fiers sous un si noble poids ,
L'emportent aux deux bouts de cette immense armée ,
Par son génie ardent constamment animée.
Il s'élance par fois sur le front des côteaux ;
C'est là qu'il juge mieux de ses nobles travaux.
C'est là qu'il fait mouvoir telle ou telle colonne ;
Et quand fougueux il part , il est tel que Bellone ,
Secouant ses brandons, ou tel que le dieu Mars
Quand jadis des combats , il couroit les hasards ,

Terrassant les mortels de son glaive invisible,
Il rendoit à souhait une armée invincible.

Ainsi quand le héros voit ses deux bataillons,
Vainqueurs, plier sanglans sous de fiers escadrons :

« Amis, leur crioit-il, vos glaives redoutables
Se sont-ils oubliés dans vos mains indomptables ?
Quand un foible soldat survit à sa valeur,
Il trouve, en reculant, la mort et perd l'honneur ;
Et quand il reste ferme au chemin de la gloire,
Il y trouve, à-la-fois, le jour et la victoire. »

Mazas, à ce discours, et le vaillant Thiébau,
Avec leurs bataillons, s'élancent de nouveau.
Sur leurs pas, il se fait un horrible carnage.
Ce n'est plus la valeur ; c'est la fureur, la rage.

Tels deux jeunes lions, sortant de leurs forêts,
A l'aspect des troupeaux, traversent les guérets.
Malgré cent pieux dressés, l'immense bergerie,
Sans obstacle est livrée à toute leur furie ;
Le bœuf, au pas tardif, le taureau bondissant,
Sous les rois du désert, tombent en mugissant,
Quand le fer des bergers que le danger appelle,
Porte au cœur des lions une atteinte mortelle.
Tel Mazas, sous les coups du jeune Constantin,
Et Thiébau, sous le fer du prince de Repnin,
Après avoir causé des ravages étranges,
Tombent, percés de coups, au sein de leurs pha-
    langes :

Et sous l'acier mortel , leur front ensanglanté
Respire encor l'audace et l'intrépidité.

Cependant Bernadotte a fait marcher le centre.
De l'armée en ses flancs, la force se concentre.
Il fond sur l'ennemi qui lui résiste en vain.
Ce jour étoit pour lui marqué par le destin.
Lannes , de son côté , s'enchaîne à la victoire ,
Et Murat continue à se couvrir de gloire.

Dans ces trois corps d'armée , à combien de
    combats ,
Se livrent en fureur officiers et soldats !
Ces bronzes fulminans , fiers rivaux du tonnerre ,
Dont souvent dépendit tout le sort de la guerre ,
Canons , caissons roulans sur les pas des coursiers ,
Les cris des combattans , l'affreux choc des aciers ,
Quel vacarme effrayant ! ô désolant murmure !
L'homme , en horeurs , peut donc surpasser la na-
    ture !
Sous les feux de l'airain l'on voit les cieux pâlir !
Il semble que la terre est près de s'entrouvrir !
Elle tremble , mugit cent milles à la ronde ;
Dans ses courans profonds l'on voit bouillonner
    l'onde.

Tel sur les bords glacés de l'indomptable Hécla ,
Ou sur les flancs poudreux de l'effrayant Ethna ,
Quand la terre embrâsée au fond de ses entrailles ,
Semble au monde porter d'horribles funérailles.

8

Entendez, dans ses flancs, cent tonnerres gronder,
L'accent du feu céleste à ces bruits s'accorder,
Le cratère s'ouvrir et lancer dans les nues,
La cendre, le bitume et les laves fondues.
Calcinant le granit dans son vaste foyer,
L'on voit, sur les moissons, par son brûlant gosier,
Le monstre qui, sous terre, à nos yeux se dérobe,
Vomir, à flots ardens, les entrailles du globe ;
Le soleil se dérobe aux regards des mortels.
Combien ont dû subir les décrets éternels !
C'est un mal commandés par les décrets célestes.
O, de tant de combats, rapprochemens funestes !
Un Dieu, dans notre globe a formé ces horreurs.
Quel démon dans notre ame, enfanta ces fureurs ?
Ici c'est la nature, en ses lois, immuable.
Là c'est l'homme, en délire, à lui-même implacable.
Vomissant le bitume et les métaux ardens,
Notre globe, agité, semble épurer ses flancs :
Mais l'homme en nourrissant le feu de ses batailles,
Embrâse ses foyers, déchire ses entrailles ;
Et par l'ambition, qui fait le criminel,
Le sort de tout un peuple est, hélas ! si cruel,
Que le sage est réduit, en abhorrant la guerre,
A bénir les succès de son sanglant tonnerre.
O vous ! qui provoquez ces sublimes horreurs,
Frémissez ! les forfaits ont toujours des vengeurs.

FIN DU CHANT HUITIÈME.

NOTES DU CHANT HUITIÈME.

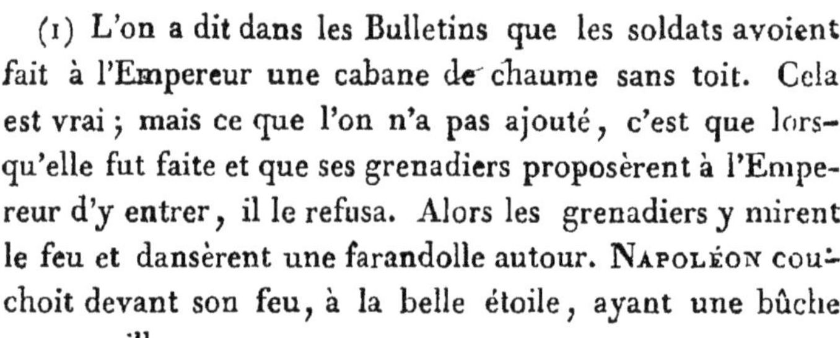

(1) L'on a dit dans les Bulletins que les soldats avoient fait à l'Empereur une cabane de chaume sans toit. Cela est vrai ; mais ce que l'on n'a pas ajouté, c'est que lorsqu'elle fut faite et que ses grenadiers proposèrent à l'Empereur d'y entrer, il le refusa. Alors les grenadiers y mirent le feu et dansèrent une farandolle autour. NAPOLÉON couchoit devant son feu, à la belle étoile, ayant une bûche pour oreiller.

(2) J'observe ici, une fois pour toutes, que j'ai suivi les Bulletins pour la bataille, autant qu'il m'a été possible, et que le reste je l'ai appris de vive voix par quelques Français qui étoient à Austerlitz.

FIN DES NOTES DU CHANT HUITIÈME.

CHANT NEUVIÈME.

Celui qui le premier, armant sa main coupable,
Sous un joug oppresseur, fit gémir son semblable,
N'étant point écrasé par les foudres du ciel,
Fit douter que le monde eut un ordre éternel,
Et qu'un Dieu créateur, constamment sur la terre,
Sourd aux cris du mortel, accablé par son frère,
Pût venger en secret des forfaits inouis,
Lorsque publiquement il les avoit permis.

Tels sont les grands malheurs qu'enfante le cou-
    rage,
Et qui, sans son appui, le seroient davantage.
Grand Dieu ! malgré les maux dont tu nous vois
    gémir,
Nous n'avons cependant qu'à t'aimer et souffrir.
Quand les moindres objets nous sont inexplicables,
Comment approfondir tes décrets immuables ?
Il est pourtant, il est des mortels favoris,
Que tu sais éclairer de tes divins esprits;
Ce sont eux dont la voix, franchissant les obstacles,
En faveur des humains proclament tes oracles.

L'un d'eux , aux murs de Vienne au moment du
　　combat ,
Vieillard , ami du peuple , et chéri du soldat ,
Saint homme qui des cieux écoutant la doctrine ,
Enseignoit aux humains la sagesse divine ,
Sort d'un temple, et, marchant d'un pas plus assuré,
Il déploie , à grand bruit , un organe sacré :

« Prêtez l'oreille ; un Dieu m'inspire.
Je sens le feu de ses accens.
J'entends les bronzes fulminans ,
Ils vont rétablir cet empire.
Des vainqueurs, des vaincus, j'entends les cris perçans.
Le Germain fuit , le Russe expire.
Je l'ai suscité contre vous ,
Et je l'enfantai dans ma joie ;
Je lui donnai tout mon courroux ;
C'est ma justice qu'il déploie ;
Austerlitz ! Austerlitz ! quelles calamités !
Je vois tes champs ensanglantés !
Sur tes frimats le sang ruisselle.
Par-tout horreur nouvelle ! »

« J'entends les cris des blessés , des mourans.
Des vainqueurs, sans pitié , je vois les bras sanglans.
A ces carreaux du ciel n'exposez plus vos têtes ,
Peuples du nord , fuyez vers vos sombres retraites. »

Du prophète vieillard , tels étoient les discours.
Ils attiroient du peuple un immense concours.

Plein d'un subit effroi , ce peuple le révère.
Ce n'est plus ce mortel qu'aux pieds du sanctuaire ,
L'on vit pâle , craintif, souffrant et prosterné ;
Sa voix a la fureur d'un Autan déchaîné.
Et lorsque d'Austerlitz le combat mémorable
Du prophète eut rendu le discours véritable ,
Assuré que le ciel eût prédit son destin ,
Il vit NAPOLÉON comme un être divin ,
Dont le bras tout puissant, tel qu'un levier immense ,
Pouvoit seul de la terre établir la balance.

Que n'entends-tu la voix de cet homme inspiré ,
Toi qui , par tant d'amour , as le sein déchiré !
Toi, mère d'un héros, qu'un Dieu, dans sa clémence,
Dans tes flancs glorieux a créé pour la France !
Ton oreille attentive eût rassuré ton cœur ;
Le Français, à ta voix , eût perdu sa frayeur ,
Et ton fils, premier né , qui mit toujours sa gloire
A faire succéder la paix à la victoire ,
Apprenant d'Austerlitz les étranges succès ,
Eût encore une fois médité sur la paix.
Mais sa main , la signant , eût-elle pris un trône ?
Cependant le destin lui doit une couronne.

Et toi , si loin des yeux de ton illustre époux !
Toi, dont l'amour suprême est si noble et si doux !
Toi, qui , par tes vertus, tes graces, ton langage ,
De tous les cœurs français t'es consacré l'hommage ,
Toi, dont le front auguste a gardé sa candeur ,
Et dont l'humanité surpasse la grandeur.

O Joséphine ! hélas ! pour calmer ta souffrance,
Que ne peux-tu des lieux franchir l'espace immense !
Ou bien que n'entends-tu ce vieillard précieux,
Il eût pu t'épargner ces momens nébuleux.

· Mais jamais la douleur, que nous donna la crainte
De la réalité, n'égala la contrainte.
O tendre Joséphine ! hélas ! ton foible cœur
Eût-il pu supporter ce spectacle d'horreur ?
Ah ! comment, sans mourir, dans ces champs de
    carnage,
Aurois-tu, du héros, vu l'étonnant courage,
Quand le moindre soldat frémit à ses dangers ?

Entre ses bataillons ses soins sont partagés.
Leur salut seul importe à ses jours, à sa gloire.
Il cherche à ménager leur sang dans la victoire.
Rempli, dans le combat d'une céleste ardeur,
De six coursiers déja fatiguant la vigueur,
Il parcourt tous les rangs, et, d'une seule haleine,
Gravissant les côteaux, s'élançant dans la plaine,
Voyant tout, et par-tout commandant aux destins,
Il envoyoit porter ses ordres souverains.

D'ALEXANDRE il a vu les escadrons d'élite,
Qui viennent secourir ses soldats mis en fuite;
Il s'adresse à Bessière, à ses fiers escadrons.

« Partez, vaillans guerriers; le sort des nations
Est remis dans vos mains : sur ces gardes terribles
Volez, amis, portez vos glaives invincibles;

Et vous, fiers artilleurs, ranimez tous vos feux,
Foudroyez cette terre, épouvantez les cieux. »

Il dit; ses grenadiers et sa garde légère
Volent, impétueux, à la voix de Bessière.
O Français! que la mort moissonne dans vos rangs,
NAPOLÉON n'a pas oublié ses enfans.
Supportez, soutenez ce choc épouvantable.
Déja, sur votre tête est sa main secourable.

Tel en effet l'on voit, vers les détroits du nord,
Une nue apportant et la flamme et la mort,
Des Autans précédée et lançant sur la terre
Tous les glaçons du pôle et les feux du tonnerre,
Tels ces fiers escadrons, s'élançant en fureur,
Apportent dans leurs flancs la mort et la terreur.
Ils ont d'un choc si rude apprécié la gloire.
Ils brûlent d'arracher au vainqueur la victoire.
Sur leurs flancs orageux volent, impatiens,
Soixante mamelucks, ivres d'exploits sanglans.
Tous fondent à-la-fois sur ces vainqueurs terribles
Qui, pour être invaincus, se croyoient invincibles.

Le choc est effrayant. Tous les feux des enfers
Semblent être sortis du brûlant univers.
Jamais plus de dangers, et jamais plus de craintes.
Jamais l'acier sanglant ne porta plus d'atteintes!
Chacun des combattans l'un à l'autre fatal,
Semble attaquer, poursuivre, immoler un rival.
On diroit, à les voir, que descendu du trône,
Chacun des assaillans défend une couronne,

Et c'est pour Albion que Russes et Français ,
Dans les champs d'Austerlitz , brillent par cent hauts
    faits.
C'est pour lui conquérir des trônes sur la terre ,
Ou pour charger son front des foudres de la guerre ,
Que cent peuples , entre eux , faits pour se protéger ,
Dans ces climats lointains sont venus s'égorger.

Mais ces guerriers n'ont point ce penser politique.
Le glaive , au champ d'honneur , tient lieu de loi
    publique.
En effet , sur trois rangs , les feux de pelotons
D'une nuit de vapeurs couvrent les escadrons.
Ils sont aux mains ; déja le sang au loin ruisselle.
Trois fois leur choc produit une atteinte mortelle ,
Et trois fois la valeur de tous ces combattans
Empêche d'enfoncer , de pénétrer leurs rangs.

Ah ! combien de guerriers sous les coups de la
    foudre ,
Tombés parmi les morts , ensanglantent la poudre !
Combien de cris affreux et de gémissemens !
Que d'exploits valeureux ! que de faits éclatans !
Sur le front étendu de cette immense armée ,
Combien ont mérité l'œil de la renommée.
Combien , après avoir versé du sang à flots ,
Sur l'arène à leur tour sont tombés en héros !
Le ciel , pour tant d'exploits , a recueilli leurs ames ;
Mais leurs noms sont perdus dans ces volcans de
    flammes.

C'est alors que, du haut des monts de Slapanitz,
Vingt mille grenadiers contemploient Austerlitz.
Voyant leurs compagnons signaler leur vaillance,
Ils sont humiliés de leur obéissance.
Au front de ces côteaux attachés par devoir,
Ils sont comme agités d'un noble désespoir;
Pour la première fois, dans leur fureur divine,
Ils ont, en murmurant, manqué de discipline.

Oudinot, qui voudroit les mener aux combats,
Partageant leur fureur, les contient sur ses pas.
Son œil ardent, tendu vers les champs du carnage,
Dans son sang allumé fait frémir son courage;
Et, non moins agité, l'impétueux Duroc
Parcourt les flancs serrés de cet immortel roc,
Contre lequel Mélas, d'étonnante mémoire,
Aux champs de Maringo vit échouer sa gloire.

O douleur! ces guerriers, dans un brûlant transport,
Demandent, à grands cris, les combats ou la mort.
Verront-ils constamment, sans voler dans la plaine,
Leurs compagnons chéris ensanglanter l'arène?
Ils dévorent de l'œil ces Russes orgueilleux.
Ils semblent s'élancer dans ces champs périlleux.
Ils mutilent leur front, ils brandissent leurs armes,
Les regardent, honteux, les mouillent de leurs larmes.

Émule des héros, modèle des amis,
Duroc, impatient, vole aux rangs ennemis.
Il voit Napoléon : « Prends pitié de leur peine,
Dit-il, et laisse-les s'élancer dans la plaine. »

A ces mots, dans ses yeux, le dépit, la valeur
Laissent appercevoir le trouble de son cœur.

« Va, répond le héros; contiens leur pétulance.
Je répands la terreur par leur seule présence.
Si les destins changeans balancent nos succès,
Le Russe épouvanté vous verra de plus près. »

Il dit et voit charger ses bataillons d'élite.
Le Russe est assailli. Déja sa garde hésite.
Bientôt de ces combats le sort est moins douteux,
Et le Français vainqueur l'emporte impétueux.
Rapp, en blessant Repnin, lui fait rendre les
    armes.
Sous le fer des Français aussitôt mille alarmes
Se portent dans les rangs du Russe intimidé.
Vainement, par les siens, il est bien secondé;
L'un, suivant la valeur qui l'agite et l'emporte,
Livre un assaut terrible, et l'autre le supporte;
L'un tient à peine encor le glaive des combats,
L'autre porte un acier avide de trépas;
L'un montre, en égorgeant, une féroce joie,
L'autre ne semble plus qu'une impassible proie;
L'un, voyant le danger, sent tripler sa fureur,
L'autre a d'un juste effroi la timide pâleur,
Et perdant toute honte ose prendre la fuite;
Mais un vainqueur fougueux l'abat dans sa pour-
    suite.
Sous les pieds des chevaux, les blessés, les mourans,
Forment des cris plaintifs, de longs gémissemens.

Les coursiers, tout couverts de sang et de poussière ;
Blessés, et se roulant sur l'humide carrière,
Achèvent d'étouffer les guerriers dont la voix,
Dans les champs de l'honneur, les guidoit autrefois.
D'autres dont les guerriers blessés perdent la vie,
Du vainqueur, par la fuite, évitent la furie,
Et vont embarrassant leurs propres défenseurs,
Les gênant pour combattre, accroître leurs malheurs.
Jusqu'alors impassible aux horreurs de la guerre,
On voit cet ennemi frémir dans la carrière ;
Et le sein traversé, perdant des flots de sang,
Le Russe meurt couché sur le Russe expirant.

Mais il en reste encor pour venger leurs souf-
    frances.
Tous les jours de combat sont des jours de ven-
    geances.
Le terrible Morland vole au parc où l'airain
Tonne, à coups redoublés, sur un vaste terrain.
Mais il ne peut d'un bronze, en sa marche intrépide,
Éviter les éclats et l'atteinte rapide.
Il tombe ; il va mourir, et sa tremblante voix
Appelle encor les siens à de sanglans exploits.
Ils volent, et la foudre est mise en leur puissance.

C'est alors que le sort a perdu sa balance.
Par-tout du sang, des morts, par-tout exploits fameux !
Momens de jouissance ! et momens désastreux !
La droite, en triomphant du Germain mis en fuite,
Poursuit avec fureur ses bataillons d'élite,

Qui, même en succombant sous nos bras belliqueux,
En recevant la mort, portent des coups affreux ;
Et leur sang répandu, rougissant la carrière,
Rendant le sol glissant, fume sur la poussière.
Murat, toujours vainqueur, dirigeant ses coursiers,
Fait tomber sous ses coups d'innombrables guerriers.
Bernadotte a rompu le centre de bataille.
Ses rangs, pressés sont tels qu'une immense muraille
Eclatante d'airains et d'aciers menaçans.
Ainsi de Louis onze on peint les murs sanglans,
Lorsque, pour protéger sa prison volontaire,
Prison d'un tigre affreux, sombre et sanglant repaire,
Il en cernoit les tours, les créneaux, les remparts,
De longs cordons d'acier, armés de mille dards.
A tout être vivant il en ferme l'entrée ;
Sans y perdre le jour nul ne l'a pénétrée :
Mais, à travers ces dards, la crainte et les remords,
Juste effroi des tyrans ! lui portent mille morts.

Tels, mais, au cœur français, justement honorable,
On voit briller ce mur du centre impénétrable.
Conservant son bel ordre , il avance en vainqueur,
Et lance de ses flancs la mort et la terreur.

Mais la gauche offre aussi des combats mémorables.
Combien d'affreux soupirs ! que de cris lamentables !
La victoire , aux Français, livre des flots de sang.
Le Russe fuit ou meurt en lui prêtant le flanc.
Les rangs sont confondus. Par-tout le fer moissonne.
Cependant on voit fuir une immense colonne.

Les marais et les lacs, et les fleuves glacés
Favorisent les pas des Russes dispersés ;
Lorsque NAPOLEON, dont l'œil dans les batailles,
Tel que celui d'un lynx, perceroit des murailles,
Voit que les élémens, à ses fiers ennemis,
Pour leur sauver le jour, semblent s'être soumis.
Soudain, de son coursier, pressant les flancs rapides,
Il vole aux artilleurs. « Canonniers intrépides,
Leur dit-il, puisqu'enfin la nature est pour eux,
Lancez sur ces frimats des déluges de feux.
Que l'obus, les boulets, les réduisant en poudre,
Portent sur ces glaciers la terreur de mon foudre ! »

Il dit ; le bronze tonne et l'obus embrâsé,
Part, tombe, rebondit, et le glaçon brisé,
Pliant sous le fardeau des colonnes pesantes,
Fait un long craquement. Les ondes écumantes
Bondissent, vont saisir les coursiers, les soldats,
Et rentrent avec eux, dans la nuit du trépas.
Les glaçons, surnageant, recouvrent ces abîmes,
Et l'onde, en retenant ses nombreuses victimes,
Se rougit de leur sang, et ses immenses flots
Vont engloutir encor des soldats, des héros.
Les restes des glaçons, par le fer et la foudre,
Sous les pas des vaincus, sont tous réduits en
    poudre.
Là règne le silence, et les Russes trompés,
De par-tout à-la-fois, pressés, enveloppés,
Ne voyant point l'abîme où tombent ces phalanges,
Pour s'y porter d'accord font des efforts étranges :

Et présentant le front à l'ennemi vainqueur,
Leurs pas, en reculant, sondent la profondeur
De cette onde où le sort leur devient si contraire.
Alors cette nature, à leurs vœux salutaire,
Perdant tout son pouvoir sous la main d'un héros,
Dans cet asile offert, leur ouvre ses tombeaux.

Tel et moins effrayant quand la glace du Rhône,
Au souffle du midi, subitement détonne.
L'enfance, aux traits joyeux, y prenant ses ébats,
S'enfonce et, tendre fleur, y trouve le trépas.

Telles on eût pu voir dans ces ondes glacées,
Des Russes engloutis les phalanges pressées,
Disparoître soudain, et d'immenses glaçons
Servir d'énorme tombe à tant de bataillons.
Quelques soldats sur l'onde, en prolongeant leur vie,
Eprouvent une horrible et trop longue agonie.
On les voit dans ces flots, luttant contre la mort,
Nager avec l'espoir de regagner le bord ;
Bravant le froid cuisant, la faim qui les accable,
Ils cherchent, effrayés, un rivage abordable.
Par-tout, hélas ! par-tout cet espoir est trompé.
Les frimats, non rompus, le rendent escarpé.
En vain, sur ces glaçons, posant un bras humide,
Ils font effort, leur chûte en devient plus rapide.
Mille fois surnageant et mille fois lassés,
Ils retombent vivans dans ces tombeaux glacés.
Quelques-uns élevant leur tête sur les ondes,
Réveillent les échos des cavernes profondes,

Et leurs cris vainement appellent des secours ,
De leurs maux inouis rien n'abrège le cours.
Le Français généreux, quel que soit son courage ,
Ne peut aller sonder ce mobile rivage.

Ah ! dans ce jour de sang , de vertus et d'horreurs ,
Combien de cris de joie et de cris de douleurs !
Combien de bataillons, combien de capitaines ;
Que de simples soldats sur ces monts , dans ces
    plaines ,
Ont illustré leur corps par des exploits fameux !
Dois-je apprendre vos noms à nos derniers neveux ,
Toi , quatorze et dix - sept? toi , cinquante - cin-
    quième ?
Et vous jeunes conscrits ? toi , quarante-troisième ?
Vous encor Kellermann , Watler , Cafarelli,
Corbineau , Valubert, et Sébastiani ?
Ah ! disant ces beaux noms à des âges sans nombres,
De combien de guerriers j'offenserois les ombres !
Et vous, qui survivez à nos succès brillans ,
Vos noms, avec éclat , orneroient mes accens.
Que dis-je ? l'ennemi , sa valeur , son audace
Auroient droit , dans mes vers , d'occuper une place,
Le Sarmate aguerri , le Cosaque fougueux ,
Le Tartare indompté , l'Esclavon belliqueux ,
Kutusow, Buxhowden , et toi , jeune ALEXANDRE,
Qui plus que vous , mortels , auroit droit de pré-
    tendre
A voir vos noms fameux dans mes chants célébrés ?
Au jour d'un grand combat, la gloire a ses degrés.

Pour vous avoir vaincus , si la nôtre est sublime ,
C'est dans nos cœurs , pour vous , un noble excès
　　　d'estime.
Tant des vôtres sont-ils tombés parmi les morts
Sans nous avoir coûté d'innombrables efforts ?
Et sans votre valeur , cette illustre victoire
Eût-elle été pour nous un si beau champ de gloire ?
Dans mes vers célébrer cet immortel honneur ,
C'est déja proclamer votre propre grandeur.

Et vous Français nombreux dont la valeur extrême,
Vous assure à jamais une gloire suprême ,
Soyez moins étonnés si mes chants belliqueux
N'ont point dit tous ces noms , devenus si fameux.
La faute en est à vous qui, par cette victoire ,
Rempliriez de vos noms , les pages de l'histoire.
Apprenez seulement que dire d'un Français ,
Il fut dans Austerlitz , c'est chanter ses hauts faits.
Ses hauts faits! Oui, mortels, c'est ainsi que le sage
Est contraint de nommer les fureurs du carnage !

O fléau de la guerre ! ô malheurs des combats !
Le plus grand de vos maux n'est point l'affreux trépas.

O toi , si plein d'orgueil , monarque de la terre !
Toi , doué de raison , toi dont le caractère,
Indomptable et terrible à tout être vivant,
Fis courber l'univers sous ton sceptre de sang ;
Homme , si ta raison , si ta noble industrie ,
Ne te sert , envers toi, qu'à nourrir ta furie ;

Pourquoi t'énorgueillir de ce fatal présent ?
Tyran de l'univers et ton propre tyran,
Tu fais seul les malheurs et les crimes du monde !
C'est sur cette raison que ton orgueil se fonde ,
Pour forcer tout mortel à penser comme toi ,
Et n'offrir à ses vœux que la mort ou ta loi.
Au nom d'un Dieu cruel, t'es-tu fait fanatique ?
'Au nom d'un peuple ignard, t'es-tu fait politique ?
Si j'ose me servir , moi, de cette raison ,
Ta main s'arme de fer, de flamme et de poison.

Mais tous les rois n'ont point ces affreuses maximes.
Napoléon déteste , et la guerre et ses crimes.
Sur le champ de bataille , il vole, impétueux ,
Par-tout il fait cesser ces carnages affreux.
Autant il fit d'efforts pour immoler des braves ;
Autant il en fera pour sauver des esclaves ,
Qui, sous un joug de fer, courbés dans leurs ha-
    meaux,
Conduits aux champ d'honneur, sont autant de héros.

Fin du Chant neuvième.

NOTES DU CHANT NEUVIEME.

(1) Ce prophète, ou se disant tel, a réellement existé à Vienne. Il y existe encore, prophétisant en faveur de NAPOLÉON.

(2) On sait que la tendresse de l'Impératrice pour son époux ne lui avoit pas permis de l'attendre à Paris, et qu'elle étoit allée au-devant de lui jusqu'à Munich.

FIN DES NOTES DU CHANT NEUVIÈME.

CHANT DIXIÈME.

Pendant le cours fameux des succès de la France,
Des êtres orgueilleux, pleins de fiel, sans vaillance,
N'osant point se montrer dans les rangs du vainqueur,
Se firent un devoir d'attaquer son honneur.
Prodiguant à loisir les plus folles histoires,
Ils rabaissoient par-tout l'orgueil de nos victoires.

En vain la renommée annonçoit nos exploits,
On les voyoit encôr de leur perfide voix ,
Sur des guerriers fameux semant la calomnie,
Attaquer leur vaillance et flétrir leur génie.
Des flots d'or non le fer avoient fait nos succès.
Par-tout nos bataillons commettoient mille excès.
Sans valeur , sans talens , sans mœurs et sans clé-
    mence ,
Ayant des justes cieux mérité la vengeance ,
Notre sang, à longs flots, s'écouloit par torrent ,
Et nous étions enfin vaincus en triomphant.
En vain d'heureux traités assuroient nos conquêtes ,
Ils proclamoient encor nos honteuses défaites.

Ainsi, lorsqu'Austerlitz, à nos vaillans guerriers,
Eut permis de cueillir de si nobles lauriers,

Des rives du Danube aux bords de la Tamise , (1)
L'on n'entend qu'une voix. « Oui , la France est
    conquise.
NAPOLÉON , soumis à l'ordre du destin ,
Est tombé sous le fer du Russe et du Germain.
Sur ses monts nébuleux l'antique Moravie
Lui fait perdre à-la-fois et l'empire et la vie. »

    Etonnée à ces mots, la féroce Albion
Voit s'ouvrir un champ vaste à son ambition.
En longs rugissemens sa sombre joie éclate.
Telle , aux rives du Styx , on nous peignoit Hécate ,
Lorsque , sans sépulture , après de grands combats,
Des ombres , par milliers , tomboient sur ses états.
Ainsi dans Albion la cour et les tavernes ,
Comtes , lords , magistrats et sujets subalternes ,
Tous , dans les beaux transports d'un succès si
    brillant,
Semblent avoir déja soumis le continent :
Mais soudain il se fait un sinistre murmure.
D'Austerlitz on répand la nouvelle plus sûre.
« La bataille est perdue, et les deux empereurs
Sont tout près de tomber sous la main des vain-
    queurs. »

    O funeste récit ! ô plaisir illusoire !
Sur ce peuple abhorré tant d'honneur, tant de gloire !

Les peuples consternés et les grands abattus
Cherchent en vain leur gloire et ne la trouvent plus.

Le canon d'Austerlitz vient-il de la confondre ?
A-t-il porté ses coups sur les remparts de Londre ?
Ils l'ont tous ressenti. D'aussi brillans succès
Sont dix combats navals gagnés sur les Anglais.
Pitt, au fond du palais, où sa douleur soupire,
De honte, de regrets et de fureur expire ;
Et tandis que le deuil, le dépit, le remords
Des glaces d'Austerlitz ont passé sur ses bords,
La France goûte en paix une sincère joie :
Elle bénit le ciel du succès qu'il envoie ;
Et de NAPOLÉON présageant la bonté,
Elle le voit déja sans haîne, sans fierté,
Accueillir les vaincus et, se couvrant de gloire,
Par le bonheur de tous, couronner sa victoire.
Le deuil, que ces combats ont laissé dans son cœur,
Lui fait de son triomphe, oublier la douceur.
Il ressent des vaincus les désastres funestes,
Et s'il en fait poursuivre encor les foibles restes,
C'est pour mieux les contraindre en cédant au destin,
A former, pour leur gloire, un traité plus humain.

Déja Davoust a pris de savantes mesures.
Par des combats nouveaux et des marches bien sûres,
Il a tourné les flancs D'ALEXANDRE aux abois ;
C'est alors que l'honneur fait entendre sa voix.

« Puisque, dans ces climats, la fortune sévère,
Dit ce héros, a fait tout le sort de la guerre,
Que je meure plutôt que de subir la loi
D'un odieux traité, peu digne d'un grand roi.

Ma vie est, sans retour, à ma gloire immolée.
Précipitons nos pas au sein de la mêlée.
On ne m'entendra point pousser un vain soupir.
Ma ressource dernière est de savoir mourir.
D'ALEXANDRE on dira jusques au dernier âge,
Il manqua de prudence et non pas de courage,
Moins jeune, j'aurois pu, du prudent Fabius,
Contre un autre Annibal, imiter les vertus;
Mais ce cœur imprudent, amant de la victoire,
A trouvé la défaite en volant à la gloire.
Le danger étoit grand, j'ai voulu l'affronter;
Il falloit le combattre et non pas m'y jeter. »

Mais tandis qu'ALEXANDRE, attentif à sa gloire,
De tout soupçon fâcheux défendoit sa mémoire,
FRANÇOIS, non moins prudent et bien plus malheu-
    reux,
Déplorant en secret un sort si rigoureux,
Près de NAPOLÉON se dispose à se rendre.
C'est en vain que la crainte ose le lui défendre;
C'est en vain qu'entouré d'un perfide conseil,
Des fers on lui fait voir le honteux appareil:
« Vous ne connoissez pas, lui dit-on, tous les
    crimes
Qui, même sur le trône, ont choisi leurs victimes;
Et si vous oubliez l'exemple de Crésus,
Montant sur un bûcher par l'ordre de Cyrus,
Songez du moins, songez qu'un FRANÇOIS, roi de
    France,
Du fameux Charles-Quint éprouvant la puissance,

A langui dans les fers ; et que sur un FRANÇOIS,
Un Français aujourd'hui pourroit venger ses rois.
Plus d'une fois, seigneur, et prenez garde au vôtre !
L'injustice d'un siècle a pésé sur un autre.
De vos états conquis déja tous les malheurs,
A vos tristes sujets ont coûté trop de pleurs !
N'allez pas agraver un sort aussi funeste ;
Conservez-nous, en vous, le seul bien qui nous reste. »

« Non , répondit FRANÇOIS, ce superbe ennemi
Me paroît assez grand pour être mon appui.
De ma propre vertu que je sois la victime ,
Avant que mon esprit le soupçonne d'un crime !
L'œil de NAPOLÉON a vu l'antiquité ,
Mais non pour y chercher des traits d'iniquité.
Si des siècles passés il chérit la mémoire ,
C'est afin de briller mieux un jour dans l'histoire.
Ne me parlez donc plus du destin de Crésus,
NAPOLÉON n'est point le barbare Cyrus. »

Il dit, part, s'occupant de son humble fortune.
Mais de crainte, son cœur n'en reconnoît aucune.
Il se dit à lui-même : « Hélas ! si le destin
M'avoit fait rencontrer un guerrier inhumain ,
Un guerrier animé d'un féroce courage ,
Le désespoir, la honte eût été mon partage.
Mais ayant succombé sous un si grand vainqueur,
Je puis, même abattu, conserver ma grandeur.
Puisque son ame est noble autant que belliqueuse ,
Je puis en obtenir une paix glorieuse.

Je crus servir ma cause et servois Albion !
Poursuis ta destinée, ô grand NAPOLÉON !
Dans l'univers entier quelle gloire plus sûre !
Des talens, des guerriers, du sort, de la nature,
Tu triomphas sans peine. Etablis entre nous
La paix, et ne crains pas que l'Europe en courroux,
S'armant contre tes droits, vienne dans la carrière,
Briser, d'un noble accord, la puissante barrière. »

Il dit, arrive au camp ; l'Empereur des Français
Ne se prévaudra point de ses brillans succès.
Il l'embrasse, il le presse ; il le nomme son frère.
FRANÇOIS a conservé son noble caractère.
Son maintien se ressent à-la-fois du malheur
Et de la majesté qu'impose la grandeur.
Il est vaincu mais roi ; son rôle est difficile.
Il demande la paix d'un visage tranquille.

« D'être enfin ton ami je me fais un devoir,
Lui dit-il, quand je suis hors d'état d'en avoir.
Je suspendis tes pas sur les bords d'Amphitrite,
Et ce crime, à tes yeux, me doit être un mérite.
Combien je t'apprêtai de dangers, de travaux !
J'ai donc servi de lustre aux talens d'un héros.
Lorsque ton ennemi pardonne à ta victoire,
Sache lui pardonner d'avoir accru ta gloire.
Le chagrin de ma faute est retombé sur moi.
Je fus juste et puissant ; tu l'es et je suis roi.
J'implore ta grande ame et non pas ta clémence.
M'accusant, c'est à toi d'embrasser ma défense.

La grandeur d'un monarque et sa prospérité
Sont d'user en héros de son autorité. »

« Mon dessein ne fut pas d'étendre ma puissance ,
Répond NAPOLÉON. Monarque de la France ,
D'un titre si flatteur je me sens glorieux.
Quel choix , dans l'univers , m'auroit fait trouver
    mieux ?
J'ai forcé bien des camps , renversé des murailles ,
Soumis bien des états et gagné vingt batailles.
Vous savez nos exploits ; mais , pour tant de hauts
    faits ,
Trop souvent il fallut verser du sang français.
Mais du moins , s'il coula , ce fut pour la victoire ,
Et mon bras peut avoir étendu sa mémoire.
Je vainquis pour la France ; elle a vaincu pour moi.
Je faisois triompher et son nom et sa loi.
Lorsque , dans vos états , je vins porter la guerre ,
Vous aviez , dès longtems , provoqué mon tonnerre.
Nous les avons domptés ; je n'ai plus de courroux.
Nous les avons conquis, ils sont encore à vous.
Serions-nous mieux Français vivant en Germanie ?
Nous voulons conserver nos lois , notre patrie.
Vous nous portiez la guerre , et nous cherchions la
    paix.
Vous ne connoissez pas la grandeur du Français.
Pour savoir que l'honneur fut toujours son seul guide ,
Il vous fallut tomber sous son glaive homicide.
Je suis son défenseur et le chef de sa loi ,
Je vécus en héros, et je veux vivre en roi ;

Et pour développer une auguste puissance,
Il faut que la bonté succède à la vaillance.
Pour montrer le héros j'eus besoin d'ennemis;
Pour montrer le grand roi, je me fais des amis.
Le succès des combats peut mériter un trône,
L'amour, pendant la paix assure une couronne.
Sachons donc, vous et moi, mériter cet amour;
Donnons à nos sujets une paix sans retour.
Je ne puis... (Pardonnez, seigneur, cette fran-
    chise,
Vous avez, par deux fois, trompé la foi promise.)
Je ne puis, par des flots, confiner nos états.
Entre nous j'établis de nouveaux potentats.
Entre nous désormais, redoutable barrière,
Je mets le Wirtemberg, et Bade, et la Bavière.
Venise et le Tyrol changent aussi de roi.
Je saurai le nommer; je ne veux rien pour moi.
Naple a reçu l'Anglais et perd sa dynastie;
Ses états sont heureux et sa reine est punie. »

Il dit, et chaque point de ce fameux traité,
Tel qu'on l'avoit conquis, est à l'instant dicté.
François s'y soumettant, convient que l'Angleterre
Est, par son avarice, un fléau sur la terre;
Et pensant qu'Alexandre a partagé son sort,
Il voudroit qu'avec eux ce roi marchât d'accord.

« J'y consens, dit encor le héros magnanime,
Mais puisse ma bonté ne pas vous être un crime!
Vos soldats sont cernés; tous vos jours sont à moi;
Mais je cède à l'honneur, comptant sur votre foi. »

Il dit , et Savary volé auprès d'ALEXANDRE.
Tant d'égards du héros ont de quoi le surprendre ;
Et ce qui met le comble à son étonnement ,
C'est lorsque étant cerné , sans espoir , dans son
       camp ,
Sans vivres , sans bagage et sans artillerie ,
On vient lui rendre encor les champs de Moscovie ;
Et qu'il dit plein de joie , admirant ce grand cœur ,
« Eh ! quelle garantie en veut votre Empereur ? (2)
— Sire , votre parole. » A ces mots il s'écrie :
« NAPOLÉON , je cède à ton divin génie.
Qu'un burin immortel célèbre tes travaux !
Le trône est fait pour toi ; tu n'as plus de rivaux. »

Il dit , et dans son camp NAPOLÉON soupire.
« Ai-je bien assuré le destin de l'empire ?
Dit le héros. Hélas ! par cet accord puissant ,
Je perds un peu de gloire et j'épargne du sang.
Lorsqu'il nous a fallu conquérir la victoire ,
Un champ jonché de morts fut un sujet de gloire ,
Et s'il doit mettre un terme à nos cruels destins ,
Plus nous versions de sang, plus nous fûmes humains.
Mais en verser encore , après tant de défaites ,
Immoler des humains pour de vaines conquêtes ,
Ah ! ce seroit un crime , et c'est vers l'occident
Qu'il faut aller chercher l'ennemi qui m'attend.
Plut à Dieu que le sang qui coula sur tes plaines ,
Trop célèbre Austerlitz ! fut sorti de leurs veines !
Plut à Dieu qu'expiant d'innombrables forfaits ,
Leur sang eut du Morave engraissé les guérets !

Mais combien de Français, victimes de nos guerres,
Dont les os blanchirout loin des os de leurs pères ! »

Tels étoient les souhaits d'un mortel généreux,
Et l'Anglais triomphant loin de ces bords fameux,
Pour tenir aux Germains ses coupables promesses,
Au timide Indien enlevoit ses richesses. (3)

Mais, frémis; le ciel tonne, ô perfide Albion !
Plus puissant, plus aimé voici NAPOLÉON.
Tandis que tu prétends l'abattre de son trône,
La fille de ton roi lui doit une couronne, (4)
Et tandis que, tremblante, elle lui tend les bras,
Tu soldes contre lui cinq cent mille soldats.

Des vices, des vertus, ô contraste admirable !
Ta politique un jour ne sera qu'une fable.
Quand, nouvelle Carthage, un nouveau Scipion
Fera de tes remparts, un nouvel Ilion,
Quand son bras fulminant, des germes de la guerre,
En foudroyant tes murs aura purgé la terre,
Ton funeste ascendant, tes projets ténébreux
Seront un grand problème à nos derniers neveux.

Ta doctrine, à tes yeux, a déja moins de charmes.
Tes remords sont causés par de justes alarmes.
Vois ce guerrier qui dut se soumettre à tes lois,
Dispenser à son gré la couronne des rois.
Vois ces couples chéris qu'un doux hymen rassemble.
Ils vont, par ses bienfaits, aimer, régner ensemble.

Augusta , Stéphanie , à vos jeunes époux ,
Prodiguant vos bontés , rendez les cieux jaloux.
Que , pour mieux parvenir aux siècles de mémoire ,
Le bonheur des humains s'unisse à votre gloire !
Protégés par Bellonne , unis par les amours ,
Que vos douces vertus présagent d'heureux jours !
Peuples que les destins ont mis sous leur empire ,
Au temple du bonheur , je vois vos noms s'inscrire.
Héros dès son enfance , Eugène a les vertus
Qui des princes chéris sont les grands attributs.
Emule des talens du plus tendre des pères ,
Il en a la valeur , l'esprit , les mœurs sévères ;
Eugène , en adorant la vertu , la beauté ,
Un prince est toujours sûr de l'immortalité.
Deviens l'ami des arts , si chers à la patrie ,
Vois ton père attentif à créer le génie.
Il ramène déja , dans les murs de Paris ,
Les siècles si fameux d'Auguste et de Louis.
Il n'est pas un talent que son œil ne découvre.
Des remparts d'Austerlitz voyant les murs du Louvre,
Il y fait restaurer ce chef-d'œuvre des arts.
Le fleuve , avec orgueil , coule en ses beaux remparts.
Captivé sous des ponts de noble architecture ,
Il a son cours plus noble et son onde plus sûre.
Par-tout des murs gênans renversés , rétablis ,
L'air avec liberté circule dans Paris.
La toile ose imiter , au sein de nos murailles ,
L'ardeur de nos guerriers , le fracas des batailles.
Le marbre sous l'acier nous offre des héros ,
Et la lyre d'Orphée éveille les échos.

Jours de Napoléon ! ô siècle de merveilles !
Puissé-je vous chanter quelquefois dans mes veilles !
Puisse un Dieu, protecteur du bonheur des humains,
Prince à jamais chéri, prolonger tes destins !

Toi, par qui l'univers brilla dès sa naissance,
Dieu ! reçois le tribut de ma reconnoissance.
Après les maux affreux d'un siècle dévorant,
Je puis encor chanter Napoléon le Grand !
Je n'ai fait cependant qu'effleurer la carrière,
De la grandeur humaine il franchit la barrière.
Mais il veut y rentrer par de douces vertus ;
Il veut associer, aux vainqueurs, les vaincus,
Dispenser à la force une gloire nouvelle
En la faisant jouir d'une paix éternelle ;
Et, seul des conquérans, par son humanité,
Etonner les regards de la postérité.

FIN.

NOTES DU CHANT DIXIÈME.

(1) L'on publia dans le nord de l'Europe et en Angleterre, que les Français avoient été battus, et que l'armée de Napoléon étoit anéantie.

(2) Voyez les Bulletins. L'embarras de l'empereur des Russies fut tel que tous ses efforts, pour prouver le contraire, ne servirent qu'à rehausser la gloire du vainqueur.

(3) La duchesse, actuellement la reine de Wirtemberg, est la fille aînée du roi d'Angleterre.

(4) Tandis que l'Angleterre soulevoit l'Europe contre la France, elle égorgeoit les Indiens qui leur refusoient l'argent dont ils vouloient solder, contre nous, les potentats du nord.

FIN DES NOTES DU CHANT DIXIÈME.

9 782019 635886